KB137240

호박 한 덩이 머리맡에 두고

호박 한 덩이 머리맡에 두고

발행 ⏐ 2023년 8월 20일

글·사진 ⏐ 노정희
펴낸곳 ⏐ 도서출판 학이사
　　　　　출판등록 : 제25100-2005-28호
　　　　　주소 : 대구광역시 달서구 문화회관11안길 22-1(장동)
　　　　　전화 : (053) 554~3431, 3432
　　　　　팩스 : (053) 554~3433
　　　　　홈페이지 : http : // www.학이사.kr
　　　　　이메일 : hes3431@naver.com

ⓒ 2023, 노정희

이 책은 저작권법에 따라 보호받는 저작물이므로 무단복제를 금합니다.
내용의 전부 또는 일부를 이용하려면 반드시 저작권자와 학이사의 서면
동의를 받아야 합니다.

ISBN 979-11-5854-439-3 03810

* 이 책 제목 '호박 한 덩이 머리맡에 두고'는 함민복 시인의 시 '호박'
　에서 허락을 얻어 옮겨 왔습니다.

햇빛 한 덩이
머리맡에
두고

노정희 글·사진

學而思|학이사

속주머니에서 끄집어낼 추억의 음식

'사랑한다'는 것만큼 아름다운 표현이 있을까요. 사랑은 움직입니다. 여기저기 옮겨 다니느라 변심할 수 있습니다. 그러나 한결같은 게 있으니 '음식 사랑'입니다. 죽음만이 그 사랑을 갈라놓습니다. 그래서 음식에 대한 사랑보다 더 진실한 사랑은 없다고 합니다.

먹을거리에는 농사를 지은 사람의 땀과 사랑이 묻어있습니다. 음식에는 차리는 이의 정성이 담겨있습니다. 그 이전에 자연의 위대한 보살핌이 있습니다. 그래서 음식으로 질병을 치료할 수 있고 예방할 수 있습니다. 그래서 음식은 마주하면 마주할수록 고마운 마음이 앞섭니다.

가마솥 아궁이의 잉걸불을 온몸으로 받으며 정지를 지키던 할머니와 어머니, 지게 바소쿠리에 옥수수와 고구마를 가득 담아서 지고 오는 아버지의 거친 숨소리가 음식에 있습니다. 오빠를 따라다니며 알밤 줍고, 동무들과 도랑에서 물장구치며 고

디를 잡던 추억이 있습니다.

  음식에는 너와 나의, 우리의 추억이 고스란히 담겨있습니다. 산골에서 태어나 자연을 누비던 유년이 있어서, 속주머니에서 끄집어낼 추억의 음식이 있어서 행복합니다. 음식 만드는 일, 글 쓰는 일을 할 수 있어서 즐겁습니다. 할머니, 어머니, 아버지를 다시 만날 수 있으니까요.

  '약식동원藥食同原', 음식으로 고칠 수 없는 병은 약으로도 고칠 수 없다고 했습니다. 먹는 것은 그만큼 중요합니다. 예부터 먹어온 음식과 퓨전 음식, 음식의 효능과 성질, 음식궁합과 동용금기, 음식에 얽힌 야사와 전해오는 이야기 등은 양파 까듯이 맵고 달콤하며 새롭습니다.

2023년 여름에
동그라미 약선연구원에서 노정희 씀

차례

유래 있는 음식

엄마 생각

이야기 따라 맛 따라

입맛 돋우는 건강식

유년의 뜨락

호랑이보다 더 무서운 곶감
기다란 싸리 꼬챙이에 꽂혀 있던 아버지의 사랑

한겨울 밤, 어린아이 울음이 담장을 넘었다. 엄마는 아이를 달랬으나 속수무책이었다. 산속에서 호랑이가 내려온다고 해도 아이는 울음을 그치지 않았다. 그런데 이게 웬일인가, 곶감을 준다니까 울음을 뚝 그치는 것이다. 곶감, 곶감이라는 놈이 호랑이보다 더 무섭단 말인가.

늦가을이면 집안이 환했다. 안채 처마 밑에 늘어뜨린 새끼줄에는 한 뼘만 한 싸리 꼬챙이가 가로로 촘촘히 꽂혀있었다. 할머니와 어머니는 사랑채 뒤란의 감나무에서 딴 큼지막한 둥시를 깎았고, 아버지는 꼬챙이에 감을 꿰었다. 사랑채 처마 밑에는 기다란 싸리 꼬챙이에 둥시를 일렬로 꽂아 꼬챙이 양 끝에 새끼줄을 묶어 벽에 걸어두기도 했다. '껍질을 벗겨 꼬챙이에 꽂아서 말린 감' 이 곶감인 것이다. 건시乾柿, 관시串柿라고 하며, 꼬챙이에 꿰지 않고 납작하게 말린 것은 준시라고 한다.

조선 시대 조리서 『규합총서閩閤叢書』에 곶감 만드는 방법이 나와 있다. "음력 8월에 단단한 감의 껍질을 벗기고 꼭지를 베어 큰 목판에 펴 놓아 말리되, 혹 비를 맞히지 말고 부지런히 말리어 위가 검고 물기 없거든 뒤집어 놓아라. 마르거든 또 뒤집어 말리면 빛이 검고 그 맛이 기이하다… 곶감 거죽에 흰 가루가 돋은 후에 먹으면 좋다." 감의 떫은 성분이 사라지면 곶감에 하얀 가루가 생기는데 이를 '시설柿雪'이라 한다.

감은 고려 시대부터 재배되었으나 곶감은 조선 시대부터 먹었던 것으로 보인다. 조선 시대 숙종 대에 중국에 보낸 예물 목록에 곶감이 있었고, 『예종실록』 1468년에는 "지금 곶감의 진상은 상주에 나누어 정하였다."라는 기록과 19세기 초에는 종묘 제사 때 곶감을 올렸다고 전한다. 상주시 외남면 소은리에는 당시 임금께 곶감을 진상했다는 750년 된 '하늘 아래 첫 감나무'가 보존되어 있다. 곶감 홍보, 체험학습을 위한 곶감박물관도 자리한다.

『동의보감』에 "곶감은 몸의 허함을 보하고 위장을 든든하게 하며 체한 것을 없애준다."라고 했다. 곶감은 차례, 제사음식인 삼색실과 중 하나이다. 수정과에 곶감을 이용하고, 호두를 곶감으로 돌돌 말아 곶감쌈을 만든다. 곶감의 비타민 성분과 호두의 여러 효능은 완벽한 궁합을 이룬다. 특히 호두의 지용성 성분은 곶감으로 인한 변비를 예방해 주는 효능이 있다.

역사에 곶감 이야기가 등장한다. 연잉군(영조)은 경종에게 게장과 곶감을 진상했다. 게는 식중독균의 번식이 잘 되는 고단백 식품이고, 감은 수렴작용을 하는 타닌 성분이 있어 게와 감을 함께 먹으면 소화불량을 수반한다. 게와 곶감을 먹은 경종은 탈이 났다. 연잉군은 경종에게 인삼을 약재로 쓰라고 명했다. 그러나 경종에게는 인삼이 몸에 맞지 않는 약재였다. 음식은 잘 먹으면 약이 되지만, 모르면 자칫 독이 되기도 한다.

아버지는 손수 감을 따고 깎아서 곶감을 만들었다. 어떤 때는 부러 곶감 타래를 통째로 싸주시기도 했다. 손자들에게 곶감 묘미를 누리게 해주고 싶었을 게다. 아버지 먼 길 떠나고부터는 냉동실에서 곶감이 사라졌다. 흔하게 먹던 곶감은 귀한 간식이 되었다. 텃밭에서 딴 감을 깎아 아파트 베란다에 말려보고, 식품건조기에 넣어도 보았으나 예전 맛은 아니었다. 호랑이가 무서워했던 곶감은 그야말로 옛날이야기가 되었다.

곶감은 이로운 성분이 많지만 과하게 섭취할 경우 변비
가 생길 수 있다. 당도가 높으니 당뇨가 있는 사람은
주의한다.

할머니가 쪄준 감자
하얀 꽃 피면 하얀 감자, 자주 꽃 피면 자주감자

감자꽃을 보면 정겹다. 집 앞 너른 논에 온통 감자 이파리가 너풀거렸으나 꽃대는 올라오자마자 수난을 당했다. 할머니 눈에 뜨이는 꽃대는 이내 꺾이었다. 꽃에 영양분을 빼앗기면 감자가 굵어지지 않는다고 하였다. 할머니 손이 미치지 않은 곳에 드문드문 피어난 감자꽃은 반갑기 그지없었다. 원색도 아니고 화려하지도 않은, 독특한 색깔과 자잘한 꽃이 서로 기대어 있는 모습을 보면 숨소리마저 멎는 듯했다. '하얀 꽃 피면 하얀 감자로/ 자주 꽃 피면 자주감자로'라는 어느 시에서 '꽃과 뿌리가 일체인/ 정직한 순종의 꽃'이라는 말에 무한정 끌렸다.

앞 논에서 캔 감자의 양은 어마어마했다. 곳간에도 뜨락에도 감자가 쌓였다. 안채 마루 밑에도 감자를 그득하게 밀어 넣은 후 나무토막을 쟁여 봉당과 경계를 지었다. 캐다가 흠이 난 감자와 알이 작은 감자는 여러 개의 옹자배기에 담아 우물가 옆에 나란히 줄을 세웠다. 할머니는 수시로 물을 붓고 갈아주며 감자 상태를 점검했다. 쿰쿰한 냄새가 몇 날 동안 진동했다. 잘 우린 감자 앙금은 건조 과정을 거쳐 '감자 농마'로 탄생했다. 조부모님과 아버지의 고향인 함경북도 산악 지방에는 메밀 농사마저 어려워 감자를 많이 심었다고 한다. 할머니 고향에서는 감자전분을 녹말이라 하지 않고 농마라고 하였다. 농마는 겨우살이에 요긴한 식품이었다.

검은빛의 감자 농마 송편은 우리 집에서만 맛볼 수 있었다. 이웃들은 별식을 먹으러 들르곤 했다. 회색빛 농마를 익반죽하여 팥소를 듬뿍 넣은 후 꾹꾹 두어 번만 움켜쥐면 송편이 만들어졌다. 할머니표 북한식 감자 송편은 크기도 만만찮았다. "한 개를 먹어도 큼직한 게 좋니라." 쪄낸 송편은 색깔이 검었다. 색감도 그렇거니와 너무 질깃한 식감이 어린 입맛에는 그다지 탐탁지 않았다. 달짝지근한 팥소만 골라 먹고 나면 가죽 부대처럼 껍질만 동그마니 남았다.

농마 송편이 굳기 시작하면 조개가 아가리 벌리듯 떡떡 갈라졌다. 볼품없는 모양의 떡을, 손주들이 먹다 남긴 것을 할머니는 알뜰하게 드셨다. 돌아갈 수 없는 고향과 친정 식구들에 대한 그리움을 애써 고향 음식으로 달랬으리라. 뿌리내릴 수 없는 마음과 그래도 안주할 수밖에 없었던 현실은 늘 흔들리는 좌표였을 것이다.

할머니는 음식을 술렁술렁 만들었다. 특히 감자 요리를 즐겼다. 감자에 푸성귀를 넣고 고추장을 풀어서 끓인 감잣국, 간장과 고추장으로 번갈아 양념해서 만든 감자볶음, 둥글게 썰거나 강판에 갈아서 구운 감자전, 고등어를 넣어 이삼 일 정도 은근하게 불을 지펴 마련한 감자 졸임 등, 부담 없이 먹을 수 있는 우리 집 밥상의 단골 메뉴가 감자였다.

특히 햇감자가 한창일 때는 날마다 감자를 쪄주었다. 햇감자는 옹자배기에서 몇 번만 굴리고 주무르면 이내 연한 껍질이 홀러덩 벗겨졌다. 가마솥에 감자를 안치고 사카린과 약간의 소금을 넣은 후, 감자밭 고랑에 드문드문 심었던 완두콩을 넣었다. 분이 하얀 감자를 툭툭 으깨어 밥그릇에 담아주던 할머니….

악마의 식물과 신의 혜택, 처음 유럽인들은 감자를 최음제로 여겨 악마의 식물이라며 배척했다. 그러나 유럽의 기근을 해결해 준 중요한 작물이 되었고 신이 주신 '땅속의 사과'라고까지 불리었다. 감자는 땅속 덩이줄기 식물이다. 감자를 캐서 들어 올리면 말에 달린 방울이 모여 있는 것 같다고 하여 '마령서馬鈴薯'라 불렀다. 감자는 성질이 달고 평平하다. 위와 대장에 좋고 허약한 기운을 돋운다.

예전의 순수한 농마를 구하지 못해 감자 송편을 만들 수 없음이 안타깝다. 가마솥에 불을 지펴서 팍삭하게 분이 나도록 쪄낸 감자는 아니지만, 할머니 솜씨를 흉내 내어 본다.

감자는 쌀보다 철분을 많이 함유하고 있다. 또한 염분 배출을 도와준다. 감자를 찌는 과정에서 젓가락으로 두어 군데 찔러주면 빨리 익는다. 감자 싹에는 솔라닌이라는 독성 성분이 있다. 반드시 제거하고 먹도록 한다.

남의 배를 채워주는 보리감자밥과 열무김치
단백질과 섬유질의 궁합

내 것이 아니라 다른 사람의 마음을 채우면 편안하다. 내 배가 아니라 다른 사람의 배를 채우는 일도 이와 같다. 소찬일지언정 직접 밥을 짓고, 나물밥일지언정 맛나게 먹어 준다면 서로에게 감사한 일이다. 그래서 음식 차린 이는, 음식 먹는 이의 모습만 보고있어도 배가 부른 것이다.

무더위가 기승을 부리는 여름에는 몸을 차게 해주는 음식을 먹게 된다. 자연은 오묘해서 제철에 맞게 식재료를 선보인다. 오이, 수박, 보리, 채소 등이 음성 식품에 속하며, 이 식재료는 더위를 식혀주고 건강을 돌워준다.

앞마당에는 애롱애롱 탈곡기가 돌아갔다. 보리 수염이 마당 가득 풀풀 날아다녔다. 땀 흐르는 목덜미며 팔뚝에 붙은 보리 수염은 깔끄러웠다. 아버지는 아랑곳하지 않고 애롱이를 돌렸다. 어머니는 가마솥에서 푹 삶은 보리쌀을 소쿠리에 퍼 담고,

솥 바닥에 남긴 보리에 쌀과 감자를 넣어 다시 보리감자밥을 지었다. 아버지는 보리감자밥에 열무를 넣어 고추장 한 수저와 들기름 쳐서 쓱쓱 비벼 드셨다.

하지 무렵에 캔 감자는 마당에 그득하였고, 마루 밑과 헛간에 가득 쟁여졌다. 하지에 감자를 캐서 밥에 넣어 먹어야 감자가 잘 열린다고 해서 하짓날을 '감자 캐 먹는 날'이라고 하였다. 감자에는 많은 칼륨이 함유되어 있다. 바나나보다 더 많은 함량을 가지고 있다. 칼륨은 체내 나트륨 배출을 도와 혈압 조절을 도와주며, 몸속 노폐물을 배출시킨다. 열무는 '여린 무'를 말한다. 열무의 섬유질과 비타민은 보리밥의 탄수화물과 단백질을 만나 좋은 궁합을 이룬다.

예전에는 보리가 중요한 식량이었다. 1960년대 초반까지만 해도 식량이 바닥나는 이른 봄철을 '보릿고개'라 하여 대다수는 배고픔에 허덕였다. 먹을 게 없어서 초근목피와 진흙까지 먹었을 정도였다. 질긴 식물의 섬유질은 변비로 이어져 애를 먹였을 터. '구멍이 찢어지게 가난하다'는 말의 유래가 되었다. '꿔다 놓은 보릿자루'라는 말도 있다. 여럿이 모여 이야기하는데 혼자 어울리지 못하는 사람을 일컫는다. 조선 시대에 중종반정을 도모하기 위해 박원종 집에 모여 비밀회의를 하였다. 그런데 초대받지 않은 이가 어둑한 구석에 웅크리고 있었다. 첩자가 분명했다. 여차여차하여 그를 덮쳤다. 누군가 도포

와 갓을 벗어 구석의 꿰다 놓은 보릿자루 위에 얹어두었는데, 그 모습이 어둠 속에서 사람으로 보였던 것이다.

보리는 서기전 7,000년 전에 야생종이 재배되었으며, 전 세계적으로 광범위하게 분포되어 있다. 우리나라 역사에도 보리 기록이 등장한다. 『삼국유사』에 주몽이 부여를 떠나 있을 때, 그의 생모 유화가 비둘기 목에 보리 씨를 기탁하여 보냈다고 한다.

보리는 겨울에 자라므로 농약에 안전하다. 식이섬유는 쌀의 3배 이상 함유하고 있다. 보리에 들어있는 비타민 B6는 체질 개선과 당뇨병 예방, 항산화 작용으로 체내의 활성산소를 제거해 주는 효과가 있다. 주의할 것은 한겨울을 이기고 자란 곡물이라 찬 성질이 강하다. 배가 아프거나 설사할 때, 임신 중이거나 생리 중인 여성은 많은 양을 먹지 않도록 한다. 그래서 추위 타는 겨울에는 보리밥을 잘 먹지 않는다.

몸에 좋은 보리지만, 보리만으로 밥을 지으면 밥알이 푸석거려 식감이 좋지 않다. 보리쌀을 미리 불려 놓거나, 아니면 초벌로 삶아두었다가 쌀에 섞으면 무난하다. 쌀과 보리의 비율을 7 : 3 정도로 잡으면 된다. 반면 보리밥을 선호하는 쪽이면 보리와 쌀의 비율을 7 : 3으로 잡으면 된다. 보리에 쌀을 넣는 이유는 끈기를 보태기 위해서이다. 보리감자밥에 감자를 섞는 것도 영양 보충은 물론이거니와 감자 전분으로 인해 보리밥을 엉기게 하는 효과를 볼 수 있다. 식감도 한층 부드러워진다.

여름철에 먹는 미숫가루는 쪄서 말린 쌀가루나 보릿가루를 뜻한다. 고조리서에는 쪄서 말린 가루를 '미시'라고 하였다. 미숫가루는 '미시'와 '가루'가 합쳐진 말로 뜻이 중복돼 있다. 그러나 어찌하리, 맞춤법 개정안에 의해서 '미숫가루'로 확정되어버렸다. 농림축산식품부에 의하면, 보리쌀을 꿀과 함께 먹으면 항암 효과가 있고, 아몬드와 함께 먹으면 항산화 작용을 한다고 전한다. 아몬드를 넣은 보리 미시에 꿀을 섞으면 그것이 바로 여름 음료 미식糜食인 것이고, 보리수단에 꿀을 섞으면 보리밀수蜜水가 되는 것이다.

파삭한 식감의 단호박전
호박 한 덩이, 따듯한 마음

> 호박 한 덩이 머리맡에 두고 바라다보면/ 방은 추워도 마음은
> 따뜻했네/ 최선을 다해 딴딴해진 호박 … 품으로 호박을 꼬옥 안
> 아 본 밤 …
>
> - 함민복의 「호박」 일부

초여름부터 늦가을까지 호박잎과 열매는 넘쳐났다. 울 밑의
호박넝쿨은 담장을 오르고, 텃밭 가장자리의 넝쿨은 둔덕을 향
해 왕성하게 나아갔다.

햇살이 막 퍼지는 아침에 오빠 따라 꿀벌 사냥에 나섰다. 호
박꽃 속을 이리저리 살펴본다. 이슬 젖은 꽃가루에 매달린 꿀
벌이 보이면 잽싸게 꽃잎을 오므려 움켜쥐었다. 벌은 호박꽃에
갇혀서 앵앵거렸다. 반딧불이 대신 벌을 잡아서 호박꽃등 놀이
를 하였다.

단호박은 워낙 육질이 단단해서 칼 사용에 주의
한다. 후숙할수록 단맛이 더 난다. 단호박전을 부
칠 때는 일반 호박과 달리 수분이 적어 소금에 절
이지 않아도 된다. 기름이 합쳐지면 지용성비타민
A 성분이 향상한다. 당질이 15~20%를 차지하
는 단호박은 항암효과는 물론 감기 예방과 피부
미용, 변비 예방에 효능이 있다.

애호박 채 썰어 국수에, 된장찌개 끓일 때, 비 오는 날 부처 먹는 호박전, 국물 반찬이 필요할 때는 호박 새우젓찌개, 호박 반찬은 끼니때마다 상에 오르는 터줏대감이었다. 그러나 나는 호박 반찬을 좋아하지 않았다. 물컹한 식감이 마뜩잖았다. 늙은 호박은 더 터부시했다. 달지도 않은 들큼한 맛, 그렇다고 색감이 선명한 것도 아니었다.

할머니는 가을걷이 한 호박을 고지로 만들었다. 겨울에 호박고지 넣은 떡과 찌개가 가끔 올라왔으나 거들떠보지 않았다. 집 안팎에 나뒹구는 늙은 호박은 쇠죽 솥에 삶겨 소 여물통과 돼지 밥통으로 배분되었다.

한 남자를 만나 그의 집에 인사하러 들렀다. 늦가을 해는 짧아 시골집에 들어서니 한창 저녁 식사 중이었다. 남자는 밥상을 들여다보며 싱글거렸다. 사발에 담긴 누렇고 거무튀튀한 색감의 음식, 그 속에는 찰떡도 들었고 콩과 팥도 섞여 있었다. 남자는 수저를 들자마자 후루룩후루룩 두 그릇이나 비웠다. 멈칫거리는 나에게 "음식이 입에 맞지 않는가 보다."며 걱정하는 어른 목소리가 들렸다. 억지로 한 수저 떴다. 들큼하고 질척한 음식은 입 안에서 뱅뱅 돌았다. 모양새로 봐서는 유년 고향 집에서 보았던 꿀꿀이죽과 다를 바가 없었다. 훗날 그 음식이 호박범벅이라는 것을 알았다. 가마솥에 콩과 팥을 넣고 푹덕푹덕 끓이다 보니 팥물이 배어 색감이 탁했던 것이었다.

고향 집에서는 죽을 차리지 않았다. 죽을 끓이면 할아버지는 역정을 내셨다. 앓아누웠을 때만 먹는 게 죽이었다. 유일하게 먹은 것은 동지팥죽뿐이었다.

큰아이는 아빠의 유전자를 닮았나 보다. 누런 호박덩이를 보면 전 부쳐달라고 칭얼거린다. 호박을 반으로 가른다. 소복하게 들어있는 씨앗들을 경이롭게 바라보다 걷어낸 후 호박 속살을 긁어낸다. 예전에는 숟가락으로 호박을 긁었으나 요즘은 호박 긁는 도구가 있어 편리하다. 손질한 호박에 소금을 살짝 뿌려 숨을 죽이고 물기를 꼭 짠 후, 밀가루는 재료가 엉겨 붙을 정도로만 넣어 전을 부친다. 반죽에 물을 넣는 것은 난센스다. 최대한 얇게 부치는 게 실력이다. 반죽이 남으면 한 번 먹을 분량으로 포장하여 냉동 보관했다가 사용하면 된다.

호박 걷이 철이다. 호박 몇 덩이를 구석에 밀쳐놓아야 든든하니 이건 또 무슨 아이러니인가. 있어도 손이 잘 가지 않으나, 없으면 서운하다. 가끔 몸이 한가할 때 호박을 어루만진다. '호박 한 덩이 머리맡에 두고 바라다보면/ 방은 추워도 마음은 따뜻했네….' 그나마 내가 주저하지 않고 먹는 것은 단호박이다. 애호박일 때도 육질이 단단해 반찬용으로 사용한다. 단호박을 갈라 속을 긁어내어 전을 부치면 색이 선명하고, 식감도 밤고구마처럼 파삭거린다.

바다의 신선, 새우
새우 싸움에 고래 등이 터지든지,
고래 싸움에 새우 등이 터지든지

　　　　　　　장식장 한편에 있는 사기 접시를 바라본
다. 접시를 가득 채우고 있는 새우 한 마리. 갑각류甲殼類의
'갑'은 십간의 첫 번째로 으뜸을 말한다. 갑옷을 입고 자유롭
게 헤엄치는 모습이라니. 새우는 등이 굽어 '해로海老'라 했는
데 음音이 '해로偕老'와 같아 '백년해로'를, 긴 수염을 가져서
바다의 노인, 즉 바다의 신선으로 불리고, 긴 수염만큼 오래 살
라는 기원을 담아 시인 묵객들은 글을 쓰고 그림을 그렸다.

　새우젓은 항시 있었다. 어머니는 애호박에 새우젓을 넣고 찌
개를 끓이거나, 가마솥 밥이 자작자작 뜸 들여질 때 새우젓 종
지기를 솥에 넣어 쪄내기도 했다. 반찬이 마땅치 않을 때나 식
구 중에 누군가 속이 더부룩하다는 말을 하면 새우젓이 상에
올랐다.

　집 앞 도랑에는 징거미새우가 많았다. 골짜기에서 물이 내려

와 고이는 웅덩이나 물을 막아놓은 보洑 아래 수초 덤불은 새우의 놀이터였다. 어레미로 몇 번만 뜨면 팔딱이는 새우를 제법 건질 수 있었다. 그것은 놀이였고, 시골 밥상의 반찬이 되었다. 된장찌개나 볶음요리에 사용한 식재료의 무한변신, 특히 붉은색으로 변하는 게 신기했다. 갑각류는 자연 상태에서 단백질과 결합되어 있을 때는 어두운 갈색을 띠지만, 열을 받으면 결합이 풀려 붉은색을 띠는 것이다. 이것은 아스타잔틴Astaxanthin이라는 색소의 변화로 일어나는 현상이다.

도시에 나와서 큼지막한 새우를 보았다. 그 맛은 시골에서 먹었던 새우젓이나 징거미새우와는 차원이 달랐다. 어쩌다 새우튀김을 먹게 되면 최고의 밥상을 받은 기분이었다. 그렇게 귀했던 새우가 뷔페 요리에 흥청망청하고 대형마트나 백화점에도 즐비하게 진열되어 있다. 몇 해 전, 모임에서 신선한 새우를 만나러 바닷가를 찾았다. 수족관에서 펄떡거리는 새우를 건져 회와 소금구이로 먹고, 마지막에 새우 대가리 버터구이를 먹었는데, 그 맛이 압권이었다. 고소하고 짭짤한 맛이 맥주 안주로 그만이었다.

새우는 다리가 10개라서 십각목十脚目에 속한다. 대부분의 십각류는 바다의 청소부 역할을 한다. 바다생물들의 먹이활동에서 남은 찌꺼기를 처리하는 것이다. 이들이 있으므로 바다 생태계가 혼돈을 겪지 않고 유지되는 것이다. 몸집이 큰 새우

라는 뜻의 대하大蝦는 소금구이로, 단백질 풍부한 보리새우는 회와 초밥, 튀김용으로 사용된다.

살아있는 보리새우를 잡으면 팔딱팔딱 뛰는 모습이 춤을 추는 것 같다고 하여 '오도리'라고 부르는데, 이는 '춤'을 뜻하는 일본말이다. 오도리보다는 '보리새우'라는 우리말이 정겹지 않은가.

열을 가할수록 붉어지는 새우는 정열과 사랑을 표현한다. 연인들의 식사 메뉴로 추천할 만하다. 달고 짠맛과 따뜻한 성질, 단백질·타우린·키토산·칼슘 등의 성분이 풍부하여 보양·보음의 효능을 지녔다. 예부터 총각은 새우를 삼가야 하고, 특히 남자가 혼자 여행할 때는 새우를 많이 먹지 말라는 말이 전해 온다. 또한 새우는 산성이 강한 식품이라서 알칼리성이 강한 아욱과 함께 먹으면 효능이 좋아지고 서로의 영양분을 보충해 준다.

새우가 넉넉하다면 '감바스 알 아히요'를 만들어 두면 여러 요리에 응용할 수 있다. 감바스Gambas는 새우, 아히요Ajillo는 마늘을 뜻한다. 올리브유에 페페론치노(건고추)와 마늘, 새우, 기타 향신료를 넣고 끓이다가 간을 맞추는 스페인 음식이다. 바게트와 함께 먹으면 한 끼 식사가 되고, 파스타를 삶아 섞으면 알리오 올리오 스파게티가 된다. 소스만 잘 만들어 두면 그야말로 새우로 잉어를 잡는 격이다.

새우 싸움에 고래 등이 터지든지, 고래 싸움에 새우 등이 터지든지 간에 일단은 맛있는 새우를 먼저 먹어볼 일이다. 갑각류인 새우를 먹어야 '갑'인 것이다.

비타민 듬뿍 풋고추전
살아가는 게 아삭한 풋고추의 맛만 있으랴

　　"아무리 신경 써서 차려도 아가씨가 해
주는 맛이 아니라고 하네."

　예전, 여름 휴가철을 맞아 시댁에 들른 올케언니는 시아버지
가 요구하는 고추전을 정성껏 마련했다. 다진 고기와 당면으로
속을 채워 튀기기도 하고, 고추를 반 갈라 소를 넣어 전을 부쳐
드려도 딱히 만족해하지 않는 눈치더란다. 큰올케언니는 아버
지의 입맛을 모르겠다며 고개를 저었다.

　시골에 갔더니 큰올케 언니가 고추전을 부친다. 큰오빠는 금
융업에 몸담고 있다가 퇴직하자마자 시골로 내려왔다. 홀로 계
신 어머니께 따신 밥상만이라도 차려주고 싶다는 오빠와 올케
언니의 마음이 미쁘다. 도시에서만 살던 올케언니는 나름 시골
생활에 적응해 가느라 애면글면한다. 고추전 부치는 모습을 보
니 불현듯 아버지가 그리워진다.

고추의 매운맛은 종류에 따라 다르다. 하지만 공통적인 것은 매운맛과 동시에 단맛을 가지고 있다는 것이다. 고추의 매운맛인 캡사이신에는 발암 억제 및 항암효과가 있다고 알려져 있다. 붉은 고추에는 비타민C가 사과와 키위보다 월등하다는 연구 결과가 나왔다. 고추의 매운맛은 요리 중에 희석되기도 하거니와 나름 입맛을 당겨주기도 한다. 풋고추 어린 것은 맛이 밍밍하다. 약간은 약이 오른, 조금은 맵싸해 보이는 고추가 전 부치기에 적격이다. 풋고추전은 아버지와 나 사이의 식성食性을 묶는 가교였다.

"꼬마가 전을 잘 부쳤구나." 고추전 한 접시를 양념간장에다 찍어 드시고 마지막 입가심으로 막걸리 한 잔을 더 달라고 하시던 아버지. 어머니는 반주로 한 잔씩 드시는 것은 허용했으나 아버지가 술을 과하게 드시는 것을 탐탁잖게 여겼다. 적당한 안줏거리가 마련되면 어머니 몰래, 아버지께 술을 한 잔씩 더 따라드렸다.

세상살이가 어디 밍밍하기만 하던가, 매운맛도 한몫 거들었다. 고추는 민속에도 곧잘 등장한다. '고추 당추 맵다 해도 시집살이가 더 맵다'는 며느리 신세 한탄처럼 때로는 눈물 바람도 일었다. 고추는 벽사辟邪의 의미로도 사용했다. 액운을 쫓기 위해 장을 담글 때나 사내아이가 태어났을 때도 유용하게 쓰였다.

아버지 떠나신 지도 십수 년이다. 인생은 흐르는 것이라고 했다. 흐르는 방향이 어느 쪽인지 정확하게는 나도 모른다. 바람이 어디 길을 정하고 다니던가, 인생길도 마찬가지일 터. 바람 부는 대로, 물길 흐르듯 따라 흐른다. 다만 아버지가 걸어가신 길과 어머니가 걸어가는 길을 이정표로 삼으려고 돛대를 세울 뿐이다.

살아가는 게 비타민이 듬뿍 들어있는 아삭한 풋고추의 맛만 있으랴, 때론 청양고추 맛을 내어 가슴을 쓸어내리기도 하는 것을. 하지만 그 맵싸함 속에는 다시 일어설 수 있는 자양분이 있음을 안다.

아버지가 맛있게 드셨던 고추전 만드는 방법은 간단하다. 밀가루에 소금으로 간하여 반죽한다. 고추는 길이로 반 갈라서 씨가 들어있는 상태로 반죽을 얇게 입혀 튀기듯이 전을 부친다.

시중에 판매하는 튀김가루나 부침가루는 양념이 혼
합되어 있어서 사용하지 않는다. 전을 부쳤을 때 부
풀기도 하거니와 조미료 맛으로 인해 원재료의 맛을
감한다. 멸치를 볶을 때 자잘한 풋고추를 넣으면 음
식 궁합이 맞다. 멸치의 칼슘이 풋고추의 비타민C가
잘 섭취되도록 도와준다.

바다의 보리, 고등어찌개
유년의 대가족 밥상을 기억 속에서만 끄집어낼 뿐

찬바람 부는 계절이다. 아침 밥상의 기본이 국이라면, 저녁상의 기본은 찌개를 올려야 할 것이다. 어릴 때부터 밥상에 친숙하게 오른 생선은 고등어였다. 경상도 내륙 지방에 싱싱한 바다 생선은 언감생심이다. 겨울에는 동태와 오징어가 있었으나 여름철에는 젓갈과 포, 소금에 절인 생선이 전부였다.

오일장에 다녀오는 할머니의 보퉁이 속에는 고등어가 꼭 들어있었다. 간잡이 고등어는 바로 소금 독으로 들어갔다. 냉장고가 없었으니 잘 보관하여 다음 장날까지 배분해서 먹어야 했다.

고등어가 넉넉할 때면 사랑채 아궁이 앞에서 석쇠 구이가 시작된다. 아버지는 벌건 숯불을 끄집어내어 부지깽이로 불길을 재운 후에 생선을 구웠다. 비릿하면서도 고소한 냄새가 집안에 진동했다. 가장자리는 까맣게 거슬렸으나 개의치 않았다. 아버지는 바싹하게 구운 고등어 대가리를 드셨다.

할아버지 진짓상에는 '비린 반찬'이 꼭 올라야 했다. 할머니도 어머니도 그것만은 밥상의 불문율로 여겼다. 어머니는 어린 자식들에게 비린 반찬을 먹이고 싶었을 게다. 고등어찌개가 그 한 가지 방법이었을지도 모른다. 양은냄비 바닥에 무를 듬뿍 깔고 고등어 토막을 얹었다. 고춧가루와 양념을 훌훌하게 개어서 부은 후 숯불 피운 삼발이에 올려 찌개를 끓였다. 잘박하게 찌진 고등어 토막은 할아버지 진짓상에 오르고 비린 맛이 밴 무는 두레상에 올랐다. 찌개를 몇 차례 데우면 간에 졸여진 무가 쫄깃하고 짭짤했다.

고등어는 '바다의 보리'라고 불린다. 서민 밥상에 친숙할 뿐만 아니라 저렴한 가격에 영양가도 뛰어나다. 단백질은 물론 혈관 건강에 이로운 불포화지방산과 특히 오메가3 지방산까지 듬뿍 들어있다. '가을 고등어와 배는 며느리에게 주지 않는다'는 속담도 있지 않은가.

우리는 흔히 고등어를 '등급 높은 물고기'인 '고등어高等魚'라고 부르는데 잘못 알고 있는 상식이다. '등이 부풀어 오른 물고기'인 '고등어皐登魚'로 불러야 한다. 또 다른 이름도 있다. 정약전의 『자산어보』에는 '등이 푸른 고기'인 '벽문어碧紋魚', 『동국여지승람』에는 '옛 칼의 모습을 닮았다' 하여 '고도어古

35

刀魚’로 기록되어 있다.

고등어는 크기에 따라 작은 것을 ‘소고’, 약간 작은 것을 ‘돔발이’, 어린 새끼는 ‘고도리’로 불린다. 일본에서는 고등어를 사바〔鯖〕라 하는데, 고기 어魚에 푸를 청靑이 붙은 글자다. 맛있는 고등어를 뇌물로 가져간다고 ‘사바사바’란 말이 생겼다는 속설이 전한다.

고등어는 성질이 급해 잡히면 바로 죽어버린다고 한다. 고등어를 보관하려면 소금을 뿌려 절이는 방법밖에 없었다. 생선을 바닥에 두면 벌레가 몰리고 짓무르기 때문에 짚으로 묶어 걸어두었다. 한 마리로는 잘 묶이지 않아 큰 것과 작은 것을 한 손에 쥘 수 있도록 하였다. 즉 ‘한 손에 쥘 수 있는 단위’가 ‘손’이며 한 손은 두 마리를 말한다.

지금은 싱싱한 생선을 마음껏 먹을 수 있다. 그러나 어린 시절에 먹었던, 할아버지 진짓상에 올렸던 고등어 반찬 맛이 나질 않는다. 그때의 맛을 느끼고 싶어 무를 넣어 찌개를 끓이지만, 그 맛을 낼 수가 없다. 입맛이 변했을 수도 있겠다. 시끌벅적하던 유년의 대가족 밥상을 기억 속에서만 끄집어낼 뿐이다.

싱싱한 고등어는 비린내가 적다. 찌개를 끓일 때 비린
내를 잡으려면 생강과 술을 넣고 된장을 풀어서 간을
하면 된다. 청양고추 몇 개를 썰어 넣으면 얼큰한 맛을
즐길 수 있다.

아무 맛도 모를 '무' 전
나이 오십이 넘어서야 느낄 수 있는 맛, '무' 맛

지인이 무를 가져다주었다. 텃밭 한쪽에 심은 무인데 몇 해째 지은 농사 중에 가장 잘되었다며 흐뭇한 표정이다. 지난 저녁에 무전을 부쳤더니 맛이 그만이라고 한다.

나도 불현듯 무전을 부치고 싶었다. 옛날이 그리워졌는지도 모르겠다. 유년의 고향, 정지에서 전 부치던 엄니와 그 옆에서 전을 잡수시던 아버지 모습이 유독 눈에 밟힌다.

아버지는 어머니를 위한 겨우살이 준비를 하셨다. 삽짝 앞 텃밭에 움을 파서 바닥과 가장자리에 짚을 두툼하게 깔고 둘렀다. 가을에 농사지은 조선무 중에서도 참하게 생긴 것만 골라 움에 저장했다. 통나무를 잘라 속을 파내어 사용했던 벌통을 움의 숨구멍으로 남기고, 나뭇가지와 짚으로 움을 정리한 후 흙을 덮었다. 무를 꺼낼 때는 단단하고 매끈한 막대기에 뾰족

가을무는 인삼보다 낫다고 할 정도로 영양적 효능이 뛰어나다. 겨울철 비타민 공급과 특히 소화 촉진에 도움을 준다. '전'과 '적'의 구분은 이러하다. 반죽을 묻혀 지진 것(지짐)은 '전', 꼬챙이에 꿰어서 지진 것을 '적'이라고 보면 된다.

무의 서걱거리는 맛이 싫으면 살짝 쪄서 사용한다. 고기쌈으로 먹을 때는 무를 최대한 얇게 썰어서 부쳐야 한다.

한 침을 박아 움의 숨구멍에 힘 있게 내리찍으면 무가 딸려 나왔다.

엄니는 전철煎鐵 대용으로 무쇠 솥뚜껑을 뒤집어놓고 전煎을 부쳤다. 무를 갸름하게 잘라 손잡이 모양까지 만들었다. 그 단면에 기름을 듬뿍 발라 지짐판을 휘휘 두르며 기름칠을 했다. 먼저 밀떡을 부쳐 지짐판을 길들인 후 본격적인 지짐질을 하였다.

지짐판 아래에는 숯불이 벌겋게 불기운을 올렸다. 불기운이 세면 숯불을 밖으로 끄집어내고, 불기운을 돋울 때는 부채질을 했다.

엄니는 통무를 세로로 길게 썰었다. 그러고는 채반에 무를 안쳐 가마솥에서 한 김 올린 후에 식혀서 '무' 전을 부쳤다. 아버지는 무전을 맛있게 드셨다. 막걸리 한 잔 쭉 들이켜고선 간장에 찍어 드시거나, 명절 때 고기 찬이 있으면 무전에 말아서 드시곤 했다. 빤히 바라보는 내게 먹어 보라고 건네주었지만, 어른들이 '맛있다'고 하는 그 맛을 왜, 내 입은 느끼지 못했을까.

고구마전처럼 달큼하지도 않고 생선전처럼 쫄깃하지도 않은, 그냥 아무 맛도 모를 '무' 맛.

무를 손질하여 밀가루 반죽을 얇게 묻혀 전을 부쳤다. 어릴 때 한 입 베어 물었다가 엄니 눈치 보느라 뱉지도 못하고 우물 거리다 꿀꺽 삼켜버렸던, 서걱거리면서도 무슨 맛인지 모를,

그 무전을 구워서 조심스레 한 입 베어 물었다.

'아, 이 맛이었구나'

기름에 지진 밀가루 반죽의 쫄깃함 사이로 달짝지근한 무, 씹을수록 입 안에 물기가 가득하다. 나이 오십이 넘어서야 아버지가 말씀하셨던 그 맛있다던 '무' 맛, 무 본래의 맛을 느꼈다.

그동안 외면했던 게 후회될 정도로 입맛을 당긴다. 잠재된 기억 한편에 그 '무 맛' 이 있었나 보다. 유년의 고향은 늘 나의 발치에서 머물고 겨우살이 씨앗처럼 입맛을 묻어두고 있었나 보다.

한여름의 추억, 옥수수
꼭꼭 씹을수록 짙어지는 유년의 맛

여름이 무장무장 익어갔다. 앞 도랑 건너 줄밤다리 밭에는 소설 속 주인공이 휘두르는, 기다란 칼을 닮은 옥수수이파리가 무성하게 펄럭였다. 오빠들과 읽은 무협지 속의 수염 짙은 검객이 옥수수밭 이랑 사이로 핑핑 날아다니는 것 같았다.

"꼭꼭 씹으면 단물이 날 게다." 아버지는 옥수수의 연한 대를 잘라 낫으로 쓱쓱 껍질을 벗겨내어 내 손에 쥐여주었다. 속살이 아삭아삭 씹혔다. 어머니는 알 고른 옥수수를 골라서 꺾었고, 아버지는 지게 바지게에 옥수수를 가득 담아 줄밤다리 까탈진 밭을 내려갔다. 동네 어귀에는 옥수수를 대량으로 사러 온 상인의 화물트럭이 줄지어 있었다.

사랑채 가마솥에 옥수수가 푹푹 삶겼다. 감자 간식이 질리기 시작할 무렵에 찾아온 옥수수는 또 다른 별식이었다. 노란 옥수수, 군데군데 점이 박힌 알록이 옥수수, 하얀 찰옥수수가 소금과 사카린을 풀어 넣은 물에 삶겨 간이 알맞게 배었다. 함지박 가득 담긴 옥수수가 바닥을 드러내도록 먹고 또 먹었다.

모깃불에 눈이 따가웠다. 마르지 않은 약쑥에서 나오는 매캐한 연기가 모기를 몰아서 간다고 할머니는 말씀하셨다. 마당에 깔아놓은 멍석의 깔끄러움을 피하려 할머니 치마폭으로 파고들었다. 할머니는 볼록한 배를 문질러주었다. "할미 손은 약손이고 꼬마 배는 똥배여, 술술 내려가라, 술술 내려가라~" '호랑이'와 '두꺼비 신랑' 옛날이야기는 노랫가락처럼 줄줄 외우도록 듣고 들어도 지루하지 않았다.

초등학교 2학년 여름방학에 외가에 들렀다. 개학이 가까워 오자 큰오빠와 작은오빠는 자전거를 타고 이십여 리 길을 달려서 나를 데리러 왔다. 외할머니는 고추장에 박은 무장아찌를 양은 주전자에 꼭꼭 눌러 담아서 건네주었다. 자전거 앞자리에 앉아서 한 방향으로 다리를 모았다. 비탈길에 자전거가 덜컹거리자 내 손에 힘이 쏠렸다. 자전거핸들이 마구 휘청거렸다. 큰오빠는 도저히 갈 수가 없다며 다시 자리 배정에 나섰고, 뒷좌석으로 밀려난 나는 장아찌 담긴 주전자를 들어야 했다.

울퉁불퉁 산비탈을 지나고 큰길로 들어서자 큰오빠는 신나게 자전거 페달을 밟았다. 앵무동 초입의 너른 밭에서 옥수수 꺾는 어른들 목소리가 두런두런 스쳤다. 집에 거의 도착할 즈음…. 순간적으로 무언가에 걸려 자전거는 튀어 올랐고 나도 튀어 올랐다. 분명한 것은 주전자는 꽉 쥐고 있었는데 오빠의 옷자락을 놓쳐 버렸다.

정신을 차려보니 안방에 누워 있었다. 오빠들은 막냇동생이 길바닥에 떨어진 줄도 모른 채 곧장 달렸고 옥수수를 꺾던 동네 어른들이 길바닥에 내동댕이쳐진 나를 챙겼단다. 찌그러진 주전자에서 쏟아진 고추장으로 범벅이 된 '노 씨네 막내딸'이 큰 사고를 당했다고 동네가 술렁거렸다. 자전거 사고로 앞니가 몇 개 빠진 나는 그 좋아하던 옥수수를 먹지 못했다.

내게 있어 옥수수는 고향의 그리움을 불러일으킨다. 옥수수를 심었던 줄밤다리 화전火田은 낙엽송 숲에 잠들어 이제 흔적조차 희미하다. 옥수수를 삶았다. 소금 한 꼬집 넣고 단맛을 추가한다. 찰옥수수는 꼭꼭 씹을수록 유년의 맛이 난다. 옥수수의 계절은 또 이렇게 사위어 간다.

옥수수는 고려 때 우리나라에 들어왔다. 옥수수는 치아와 눈 건강에 도움을 주며 변비 해소에도 효과가 있다. 옥수수수염을 끓여 차로 마시면 이뇨 성분뿐만 아니라 혈액순환에도 좋다. 옥수수만을 주식으로 하면 펠라그라 증상이 생긴다. 시리얼(cereal)에 우유를 같이 먹는 것은 옥수수에 부족한 트립토판을 우유 단백질이 보충해 주기 때문이다.

약이 되는 음식

불로장생 연잎밥

연밥 줄밥 내 따줌세 백 년 언약 맺어다오

상주 함창 공갈못에 연밥 따는 저 처자야

연밥 줄밥 내 따줄게 이내 품에 잠자주오

잠자기는 어렵잖소 연밥 따기 늦어가오

상주 함창 공갈못에 연밥 따는 저 큰아가

연밥 줄밥 내 따줌세 백 년 언약 맺어다오

백 년 언약 어렵잖소

연밥 따기 늦어가오

- 상주 공갈못의 〈연밥 따는 노래〉 일부

　　상주 공검지恭儉池는 삼한 시대 4대 저수지 중의 한 곳이었다. 못을 만들 때 공사가 진척되지 않아 '공갈'이라는 아이를 제물로 묻고 둑을 쌓았다는 전설이 있다. 그래서 '공갈못'이라고 부른다. 연꽃은 7월에서 8월 사이에 피고 지고를 반복하며 연밥을 익힌다. 연밥 따는 적기를 놓치지 않으려니 백 년 언약을 미룰 수밖에.

연은 뿌리에서 잎과 열매까지 허투루 하지 않는다. 꽃이 피면 반드시 열매를 맺는다. 꽃과 열매가 동시에 맺혀 화과동시花果同時라고 한다. 이는 깨달음을 얻은 후에 베푸는 게 아니라, 현재 살아가는 자체가 이웃에게 베풀며 동시에 깨달으며 살아간다는 불교의 말씀을 담고 있다. 부처님의 좌대, 연등, 기타 사찰 장식에 연꽃 문양을 장식하고, 사찰음식에도 연은 귀하게 쓰인다. 이는 연꽃 속으로 다시 태어나는 극락왕생의 염원이 담겨 있다. 심청이 아비 눈을 뜨게 하려고 인당수에 몸을 던졌으나 다시 환생하는 옛이야기 속에도 연꽃은 있었다.

한방에서는 연잎을 하엽荷葉이라고 한다. 맛은 쓰고 떫으며 성질은 평平하다. 가슴이 답답하면서 입 안이 마르는 증상에 이용한다. 연꽃은 마음을 안정시키는 효과가 있어 차로 끓여 마신다. 연의 열매는 '연자蓮子'라고 하는데, 기혈을 보하며, 심장의 기능을 좋게 한다. 연뿌리는 청열, 해독, 어혈을 풀어주는 효능이 있다. 피로하거나 과로하여 코피가 심하게 나올 때 연뿌리 생즙을 복용하기도 한다. 연은 무더위에 몸의 열을 식혀주는 식재료로 으뜸이라 할 수 있다.

『동의보감』에 백련은 "백 병을 다스리고 늙지 않고 젊어진다."고 하며, 중국에서는 백련을 불로장생의 식품으로 꼽는다.

연자의 심에는 독성이 있으므로 반드시 제거한다. 또한
연뿌리는 진흙 속에서 자란 식물이라 기생충이 붙어있
을 수도 있으니, 날것으로 사용할 때는 뜨거운 물에 살
짝 데치도록 한다.

상주 쪽 백련 키우는 집에서 연잎을 구해 연잎밥을 만든다. 찰밥을 지어 연자와 기타 재료를 얹어 연잎에 싼 후, 김 오른 찜통에 쪄내면 된다. 연잎에 갖가지 곡식만 넣었으랴, 마음까지 담았으니 연잎밥을 먹는 이는 분명 불로장생할 것이다.

대구 근교 저수지 곳곳마다 홍련이 한창이다. 바람이 지나가면 연잎의 일렁임이 장관이다. '연꽃 만나러 가는 바람처럼' 연꽃을 만나고 올 일이다. 세상의 모든 빛은 어둠을 먹고 살듯이, 연은 진흙을 먹으며 맑은 잎을 키우고 꽃을 피웠다. 연꽃을 보는 것만으로 길해진다니 이 또한 기쁘지 아니한가.

여성에게 이로운 쑥

삼월의 향기

봄은 들판으로부터 시작된다. 야산 양지 녘에 참꽃이 피기 시작하면, 들판이나 언덕배기에도 뽀얀 쑥이 돋아난다. 누가 가꾸지 않아도 꽃은 피고 거름을 주지 않아도 산야초는 자란다. 봄바람 속에 자란 산야초는 본연의 향기가 짙다. 뽀얗고 어린 쑥을 애엽艾葉이라고 하는데, 하루가 다르게 쑥쑥 자란다.

'쑥'은 순수 우리말로 쑥쑥 돋아나는 형상과 생태를 나타내는 이름이다. 농부들이 자칫 게으르면 쑥이 우거져 '쑥대밭'이 되기도 하고, 머리털이 마구 흐트러져 몹시 산만한 상태를 '쑥대머리'라고 한다. 한때 떡에 '쑥 넣으면 비싸고 쑥 빼면 싸다'는 우스갯소리도 있었다.

예부터 쑥은 약재와 구황식물로 쓰여 왔다. 쑥의 성질은 맵고 쓰고 따뜻하다. 성인병을 예방하는 식물 중에서 마늘, 당근,

쑥을 3대 식품으로 꼽는다. 저 옛날 단군신화에 보면, 곰은 쑥과 마늘을 먹고 여자로 변신하였다. 어쨌거나 쑥의 효능이 대단한 것만은 사실이다. 신화든 전설이든 간에, 짐승이 먹어 사람으로 변했다는 영험한 약초가 아닌가. 원자폭탄이 떨어져 폐허가 된 도시에 가장 먼저 싹을 틔운 식물이 바로 쑥이다.

중국의 대표 명의 화타는 '삼월 인진쑥, 사월 제비쑥' 이라고 했다. 삼월 인진쑥은 병을 고치지만 사월 제비쑥은 불쏘시개일 뿐이라고 기록에 남겼다. 삼월은 양기陽氣가 위로 올라가 만물이 생기가 넘치는 시기이다. 약효가 있는 시기의 쑥을 인진쑥이라고 했으며, 부드러운 줄기와 잎이 가장 약효가 뛰어나다는 것이다.

쑥을 먹은 곰이 웅녀로 환생했듯이, 쑥은 부인병에 탁월한 효능이 있다. 자궁을 따뜻하게 해주기 때문에 생리통이나 몸이 냉한 여성에게 특히 좋다. 쑥은 청혈, 생혈작용을 하기에 피를 깨끗하게 하고 혈액을 만드는 데 도움을 준다. 그 외에도 비타민과 미네랄이 풍부하고, 간 해독기능이 있으며 면역력을 높여준다.

예전 모깃불을 피울 때 쑥을 사용했다. 할머니는 쑥 연기가 모기를 데리고 간다고 하셨다. 쑥에 살충 효과가 있다는 것을 어떻게 아셨을까. 쑥은 구강청결제로도 쓰이며 지혈작용도 한다. 코피가 날 때 생 쑥을 비벼서 콧구멍을 막고, 손을 베였을 때 쑥으로 상처를 동여매었다. 쑥뜸을 뜨고, 아랫도리가 묵직하거나 아릴 때는 쑥을 삶아 요강에 담아 김을 쬐기도 했다.

단옷날 쑥 다발을 묶어 헛간, 해우소, 대문 등에 달아두었는데 액을 물리친다는 의미가 있었다. 그 쑥은 일 년 내내 요긴하게 사용하였다. 어머니는 삼월 애쑥으로 쑥털털이를 자주 하셨다. 당시에는 떡도 아닌 그 모양새도 싫었고, 짙은 쑥 향기도 싫었다. 이 나이가 되고 보니 쑥 음식이 입에 당긴다. 텃밭에서 뜯은 쑥으로 쑥털털이를 만든다. 삼월의 향기가 짙다.

애엽과 인진쑥은 성질이 다르다. 인진쑥은 성질이 차서
다량 섭취할 경우 설사, 구토를 일으킬 수 있다. 인진
쑥은 음력 삼월까지 채취한다. 삼월은 인진쑥, 사월은
개똥쑥이라고 할 만큼 효능에 차이가 있다. 또한 생 쑥
생식은 몸에 이롭지 않다. 반드시 익혀서 먹는다. 다행
히 휘발성이 있어 말려서 사용하면 된다. 도로변이나
환경이 좋지 않은 곳에서는 쑥을 채취하지 않는다.

약이 되는 건강 밥, 약밥
아련하게 남아있는 할머니의 손맛

떡갈나무 이파리가 갈바람에 막 물들기 시작하는 노르스름한 빛깔, 참기름 냄새 솔솔 풍기는 참차름한 밥, 각종 견과를 넣어 고소하고 달큼하게 씹히는 맛, 영양가 많아서 몸이 건강해지는, 먹는 자체로 약이 되는 밥, 바로 '약밥'이다.

찹쌀로 고두밥을 지어 갖가지 견과를 넣고 간을 한 후에 다시 쪄낸 약밥은 집안 행사 때나 먹을 수 있는 음식이었다. 약밥 만들기 하루 전날부터 할머니 손길은 쉴 틈이 없었다. 찹쌀 씻어 불려 놓은 다음, 밤껍질 벗기랴, 호박씨 까랴, 대추 손질하여 졸이랴, 곶감도 잘게 썰어놓아야 했다. 큰 함지박에 고두밥 찐 것을 퍼내어 식힌 후 손질한 재료를 넣고 나무 주걱으로 골고루 섞는 일도 만만찮았다. 달싹하고 참기름 냄새 솔솔 풍기는 약밥은 찰밥하고는 확연히 다른 음식이다.

약밥은 좋은 약재인 꿀을 넣어 만든 밥이어서 약반藥飯, 갖가지 좋은 재료가 약이 된다고 하여 약식藥食이라고 했다. 향기로운 밥이라는 뜻에서 '향반', 아름다운 음식이라는 의미에서 '미찬', 과일이 섞인 밥이라는 뜻에서 '잡과반', 허균의 『도문대작』에는 중국인들은 약밥을 '고려반高麗飯'으로 불렀다고 전한다.

『삼국유사』에 약밥 유래가 나온다. 신라 제21대 비처왕毗處王(炤智王이라고도 한다)이 경주 남산 천천정天泉亭에 거동했을 때 까마귀와 쥐가 와서 울었다. 쥐가 사람의 말로 "까마귀 가는 곳을 찾아보시오." 하여 왕은 기사騎士에게 명하여 까마귀를 따르게 했다. 기사는 돼지 두 마리가 싸우는 장면을 구경하다가 까마귀를 놓쳤다. 이때 한 늙은이가 못에서 나와 글을 올렸는데, 겉봉에 '이 글을 떼어 보면 두 사람이 죽을 것이요, 떼어 보지 않으면 한 사람이 죽을 것이다.'라고 쓰여 있었다. 왕은 "두 사람을 죽게 하느니보다는 차라리 한 사람만 죽게 하는 것이 낫겠다."고 하였다. 이때 일관日官이 한사코 말렸다. 왕이 일관의 말에 따라 봉투를 열어보니 '금갑琴匣을 쏘라射琴匣'고 적혀있었다. 왕은 곧 궁으로 돌아와 거문고 갑을 쏘았다. 그 거문고 갑 속에는 내전內殿에서 분향수도焚香修道하고 있던 중이 궁주宮主와 은밀히 간통하고 있었다. 왕은 못에서 나온 노옹의 도움으로 액을 면했다며, 그 못을 '편지 나온 못〔書出池〕'이라고 했다.

또한 정월 보름날을 '까마귀 날〔烏忌日〕'로 정하여 '까마귀밥'을 지어 제사를 지냈다. 찹쌀에 까마귀의 검은색을 물들여 만든 밥이 바로 약밥이라는 전설이다.

할머니는 사랑채 가마솥에 장작불 지피고, 채반에 면 보자기를 깔아 약밥을 쪄내었다. 정성으로 만든 그때의 할머니표 약밥은 먹을 수 없지만, 그 맛은 아련하게 남아있다. 요즘은 약밥을 떡집에서 쉽게 구할 수 있다. 조금만 부지런 떨면 집에서도 간단히 만들어 냉동실에 보관해 두고 먹으면 된다.

찹쌀을 4시간 정도 불린 후, 찹쌀과 손질한 견과류, 진간장과 흑설탕을 식성에 맞춰 가감하여 압력솥에 안친다. 불린 찹쌀이라 물의 양은 밥할 때보다 적게 잡는다. 밥솥 추가 따그르르 몇 번 돌면 불을 끈다. 약밥은 질거나 퍼지면 맛이 없다. 밥알이 탱글탱글해야 제맛이 난다. 압력솥의 김을 뺀 후, 뚜껑 열어 곶감과 대추졸임, 참기름과 계핏가루를 넣어 섞는다. 색감이 너무 짙으면 거부감이 생기고, 옅으면 선뜻 손이 가지 않는다. 적당한 색감, 입맛을 당기는 색감을 맞춰야 한다. 각종 견과류가 들어있어 맛과 영양이 풍부한 건강식, '약밥' 완성이다.

찹쌀, 대추, 계피는 성질이 따듯해서 차운 몸에 도움을
준다. 수정과를 곁들이면 금상첨화. 하지만 따뜻한 성질
의 음식을 뜨겁게 해서 먹으면 과도한 열이 쌓일 수 있
으니, 몸에 열이 많은 사람은 약밥을 식혀서 먹어야 한
다.

노란 소국小菊 빛깔을 닮은 치자밥
치자나무 숲에 들어가면 치자 향기만 가득하여

　　　　　　무심코 하늘을 보았더니 저녁 햇살이 곱
다. 발걸음을 언덕 방향으로 돌렸다. 길옆 숲에는 개망초가 드
문드문 피어서 반긴다. 강아지풀도 여문 씨앗을 달았다. 그런
데 저기, 바위 무더기 옆으로 노란 소국이 막 피어나기 시작한
다. 산그늘에 실린 국화 향기가 코끝에 매달린다. 나도 모르게
손을 뻗쳤다. 두어 가지 꺾어 들고는 두리번거렸다. 누가 본 건
아닐 테지. 집에 오자마자 꽃부터 살폈다.
　불현듯 국화 빛깔을 저녁 밥상에 올리고 싶었다. 국화꽃을
혼자 즐기기엔 아까웠다. 꽃밥을 하자니 국화 꽃잎을 따야 한
다. ‘그건 아니지.’ 고개를 흔들었다. 아, 치자가 있었네. 치자
열매를 물에 담갔다. 치자 물로 염색하고 전만 부치랴, 치자 물
로 밥을 해도 별식이지 않은가. 불린 쌀을 솥에 안치고 치자 우
린 물로 밥을 짓는다. 밥 짓는 방법은 평상시와 다를 게 없다.

노란 소국에서 치자 열매로 마음을 돌리자 치차 꽃향기가 밥알에 밴 듯 화하다.

치자는 꽃향기가 일품이다. 우윳빛의 꽃 색깔도 품위 있다. 치자나무 숲에 들어가면 치자 향기만 가득하여 다른 향기는 맡을 수 없을 정도라고 하였다. 외국에서는 치자를 Cape jasmine 이라고 한다. 그 향기가 재스민과 비교될 만큼 진하기 때문이다.

늦가을에 익은 주홍빛 치자 열매는 전통 염료로 사용했다. 명절이나 행사 때는 전을 부치거나 음식 색깔 내는 데 쓰였다. 『동의보감』에 "치자의 성질은 차고, 맛이 쓰며, 독은 없다. 주로 가슴과 대소장의 열, 위 속의 열로 속이 답답한 것을 낫게 하고 열독을 없앤다."라고 나와 있다. 치자는 불면증, 기관지 등 여러 증상에 사용된다. 그중에서도 가슴에 와닿는 것이 있으니 갱년기 여성의 답답한 속을 풀어준다는 것이다.

살펴보건대 여타 꽃잎은 다섯 장이지만 치자꽃은 여섯 장의 꽃잎을 가졌다. 그 또한 특별하다. 강희안은 원예 저서에서 "치자는 꽃 가운데 가장 귀한 꽃이며 네 가지 이점이 있다."고 예찬했다. 꽃 색깔이 희고 기름진 것, 꽃향기가 맑고 풍부한 것, 겨울에도 잎이 변하지 않으며, 열매로 황색 물을 들이는 것이 네 가지이다.

저녁 밥상에 오롯이 가을을 불러 앉혔다. 꽃 보며 꽃 빛깔 닮

치자는 성질이 찬 음식이라 혈압이 낮거나,
몸이 찬 사람은 많이 먹지 않도록 한다.

은 밥, 노란 밥을 먹는다. 어느 여류 시인의 치자꽃 시를 웅얼
거린다.

여자는 돌계단 밑 치자꽃 아래
한참을 앉았다 일어서더니
오늘따라 엷은 가랑비 듣는 소리와
짝을 찾는 쑥국새 울음소리 가득한 산길을
휘청이며 떠내려가는 것이었습니다.
- 중략 -
사랑하는 일이야말로
가장 어려운 일인 줄 알 것 같았습니다.

- 박규리의 「치자꽃 설화」 일부

감기 예방에 좋은 배숙

배꽃처럼 맑고 깨끗하고 아름다워지라

'배 썩은 것은 딸 주고, 밤 썩은 것은 며느리 준다'라고 할 만큼 배는 좋은 과일이다. 배는 폐의 열을 내리고, 기관지의 진액 생성을 도와 기침, 감기, 천식을 낫게 한다고 『동의보감』에 기록되어 있다. 『본초강목』에도 배는 심장을 시원하게 하고, 폐 기능을 좋게 하며, 간 기능을 강화하여 숙취를 빨리 풀어준다고 한다.

과일을 손에 꼽으라면 배를 빼놓을 수 있으랴. 예를 갖추는 데 필수적으로 들어가는 과일이 배이다. 조율이시, 즉 대추, 밤, 감과 함께 배가 제사상에 올라야 한다. 회갑연이나 아이 돌잔치, 고사나 상량 상차림에도 배는 앞줄에 자리한다. 제사상차림은 집마다 전통이 있는데, 남이 와서 과일 순서를 들먹인다고 해서 '남의 제사에 감 놓아라 배 놓아라 한다'는 속담이 유래할 정도이다.

배의 본초명은 '이梨'이다. 중국에서는 배가 몸에 이롭고 그 성질이 순조로워 이利의 의미를 붙여 이梨라고 불렀다. 과일 중에 으뜸이라 하여 과종果宗이라 하며, 맛이 젖 같아서 옥유玉乳, 꿀 같다고 밀부蜜父라고 부른다. 하지만 이별을 뜻하는 '이離'와 발음이 같아 연인끼리는 배를 먹지 않는다고 한다.

우리나라 최초의 여학교인 '이화학당梨花學堂'에도 배꽃이 피었다. 학교를 설립한 미국인 선교사 메리 스크랜튼 부인의 공적을 치하하고 격려하는 뜻에서 고종황제와 명성황후는 교명을 지어주었다. 당시 학당 주변에 배꽃이 흐드러지게 피어있었다. 배꽃처럼 맑고 깨끗하고 아름다워지라는 뜻에서 '이화梨花'라고 하였다.

배의 성질은 달고 약간 시고 시원하다. 폐와 위로 귀경하고, 윤조와 청열 작용을 한다. 말을 많이 하는 직업을 가진 사람이 목소리가 잠길 때는 배즙을 마시면 좋다. 감기로 목이 아프거나 마른기침이 날 때, 목 안이 아프고 열이 있어 배즙마저 삼키기 어려울 때는 꿀을 타고 얼음을 넣어 차게 해서 마신다. 배는 진액을 더해 갈증을 풀어주고 폐를 촉촉하게 하며 담을 삭인다.

울산의 지인이 해마다 농사지은 배를 한 상자 보내준다. 배가 어찌나 실한지 크기가 사발만 하다. 냉장고에 두어 개 남은 배를 끄집어내어 배숙을 만든다. 배숙은 궁중요리 중 하나로

이숙梨熟이라고도 부르는데 '요리된 배'라는 뜻이다. 먼저 생강을 끓인 물에 후추 박은 배와 대추를 넣어 다시 끓인 후 꿀을 타서 먹는다. 후추와 꿀은 배의 서늘한 성질을 잡아주고 촉촉함과 단맛을 더해 준다. 배숙은 찬 기운이 엄습하는 계절에 유용한 우리나라 전통 화채 음료이다.

한때 'Id H' 음료가 회자된 적이 있었다. 외국인이 마트에 와서 'Id H' 음료를 달라고 하는데, 주인은 영어로 말하는 음료를 찾을 수가 없었다. 주인이 어리바리하여 보이자 외국인이 직접 음료를 들고 왔는데 'Id H', 즉 '배' 음료였다는 우스개 이야기이다.

'배 먹고 이 닦기' 하는 것도 좋으리라. 식사 후식으로 배를 먹으면 조금의 양치 효과가 있다. 배 먹으면서 이도 자연스레 닦이니 일거양득 하는 셈이 아닌가.

배는 열을 내려준다. 몸에 열이 많은 사람은 생 배를 먹고, 몸이 찬 사람은 익혀서 먹는 게 좋다. 배를 익히면 성질이 평해지고, 오장의 음을 지양한다. 또한, 배는 모과나 유자와 함께 먹으면 궁합이 좋다. 기관지에 좋은 배와 모과, 비타민이 많은 유자를 같이 조리하면 겨울철 감기 예방에 도움을 준다. 불고기나 육회에 배를 섞어 먹으면 효소 작용하여 소화를 돕는다.

정구지김치

'구' 반찬 세 가지는 27가지 반찬

이른 봄부터 가을까지 계속 먹을 수 있는
채소가 정구지이다. 베고 난 후 며칠 지나면 보란 듯이 자라있
고, 거름 주면 자라고, 비 내리면 부쩍부쩍 더 자란다. 미처 베
지 못해 웃자란 것은 이발하듯 깨끗이 잘라버려야 다시 연한
순을 먹을 수 있다.

솔, 구채韭菜, 난총蘭葱 등 불리는 이름도 많다. 한자로는 해
薤, 구韭라 하는데, 구韭는 정구지 잎이 땅 위로 돋는 모양을 본
떴다. 오래 살고, 여러 번 잎을 잘라도 죽지 않으며, 겨울에 추
위를 견뎠다가 봄에 다시 돋아난다 하여 구韭라고 한다.

정구지精久持는 부부간의 정을 오래도록 유지해 준다는 뜻으
로 붙여진 이름이다. 정구지의 맵고 따뜻한 성질은 생식기능을
원활하게 해준다. 그뿐만 아니라 남자에게 좋다 하여 기양초起
陽草, 과붓집 담을 넘을 정도로 힘이 생긴다 하여 월담초越譚草,

운우지정을 나누면 초가삼간이 무너진다고 하여 파옥초破屋草,
장복하면 오줌 줄기가 벽을 뚫는다고 파벽초破壁草라고도 불렸
다. 그뿐만 아니다. 가난한 어미는 과년한 딸에게 보약 대신 정
구지를 먹였다. 몸을 따뜻하게 하여 시집을 보내야 생산을 잘
할 거라고 믿었다. 그만큼 몸에 이롭고, 가까이에서 흔하게 먹
을 수 있는 채소인지라 전해오는 이야기도 많다.

정구지만 있으면 끼니때 반찬 걱정을 줄일 수 있다. 집 앞 텃
밭에도 담장 옆에도 정구지는 쑥쑥 자랐다. 어머니는 정구지
김치를 담그고, 된장 풀어 국을 끓였다. 김치가 질리면 생채 무
침을 하고, 끓는 물에 살짝 데쳐 숙채 무침도 만들었다. 가마솥
에 밥을 지을 때면 정구지에 콩가루나 밀가루를 묻혀서 쪄낸
다음 양념을 넣어 무쳤다. 장마철에 기분마저 눅눅해지면 정구
지 부침개를 부쳤다. 고소한 기름 냄새가 집안을 점령했다. 뜨
끈한 멸치 우린 국물에 애호박 채 썰고, 부추 한 줌을 같이 넣
어 칼국수를 끓여도 맛난다. 아버지는 부침개를 안주 삼아 막
걸리 한잔 곁들이며 쏟아지는 빗줄기를 담담하게 바라보았다.
장마철이라고 할 일이 없는 건 아니었으나 잠시라도 쉼을 가질
수 있는 시간이었다.

조선 시대 제사, 행사 등 절차에 대해 기록한 『세종오례의世
宗五禮儀』에 보면 '제사상의 첫째 줄에 정구지김치를 놓고 무김
치가 그다음이며, 둘째 줄에 미나리김치를 놓는다' 라고 되어

있다. 음식을 연구하는 여러 보고서에도 배추김치보다 정구지 김치에 몸에 좋은 영양소가 많다고 한다.

정구지 반찬은 간편하게 만들 수 있다. 정구지 한 단 사서 양념에 버무리면 김치가 되고, 그도 귀찮으면 무침으로 만들면 된다. 밀가루 훌훌하게 개어 땡초 두어 개 썰어 넣고 부침개를 만들면 흐린 날 입맛 돋우는 데 그만이다. 땡초 맛에 호호거리며 눈물 한 방울 찔끔거리고 나면 어느새 우울한 기분이 싹 가신다. 습기로 인한 음의 기운을 정구지의 따뜻한 성질이 끌어올려 주는 것이다.

'구韭'는 '九구'와 음이 같다. '구' 반찬 세 가지는 27가지 반찬이 된다는 옛말이 있다. 3×9=27, 이십칠종二十七種은 변변치 않은 음식을 일컬었다. 그러나 비록 변변치 못한 반찬을 먹을망정 27개씩이나 먹었으니 잘 먹는 것이나 진배없다는 뜻이 될 것이다.

나이 들어 부부간에 정 낼 일은 없어도 정구지 반찬으로 입맛 낼 일을 만들어 본다.

부추를 경상도에서는 정구지라 부른다. 부추는 성질이
따뜻하여 몸에 열이 많은 사람보다는 몸이 냉한 사람이
먹으면 좋다. 숙채나 국을 끓일 때는 짧은 시간에 데치
거나 먹기 직전에 넣어야 향기를 살릴 수 있다.

환절기 감기에 마시는 목련꽃차茶
나무에 피는 연

　　　　　　　　바야흐로 목련의 계절이다. 딱 이맘때 목
련꽃으로 차를 만들면 일 년 내내 보관해 두고 먹을 수 있다.

　목련의 이름은 다양하다. '나무에 피는 연'이라 하여 '목련
木蓮', 꽃봉오리가 처음 생길 때 붓의 끝부분처럼 생겨서 '목필
木筆', 남쪽 지방에서는 꽃이 일찍 피기 때문에 '영춘迎春', 꽃
이 피기 전의 꽃봉오리가 작은 복숭아처럼 털이 있어 '후도侯
桃', 꽃봉오리가 처음 생길 때 어린싹과 비슷하고 맛이 매워
'신이辛夷', 또는 '신이화辛夷花'라고 한다. 꽃을 약용으로 하는
것이 아니라 '꽃봉오리'를 사용하고, 겉의 털과 꽃받침을 없애
라고 하였다.

　목련은 특이한 향기가 있고 맛은 매우며 성질은 따듯하다〔辛
溫〕. 환절기의 풍사風邪를 몰아내고 규규竅를 통하게 하는 효능을
가진 약재이다. 코막힘, 축농증을 치료하며 콧물이 흐르며 냄

새를 맡지 못하는 증상, 두통이나 집중력이 떨어지는 증상, 오한, 발열, 전신통, 가래가 많이 나오는 기침 등에 효과가 있다. 『신농본초경』에 '조금만 피곤하거나 무리를 해도 바로 코가 막히면서 콧물이 나오고 얼굴이 붓는 증상을 치료한다. 재발을 반복하면서 여러 해 동안 낫지 않을 때 사용한다'고 기록되어 있다.

목련꽃으로 차를 만드는 방법은 다양하게 전해진다. 꽃이 피기 전의 봉오리를 채취하여 솥에 볶아서 차로 이용하고, 어린 꽃을 따서 살짝 찐 후에 말려서 사용한다. 일단 열을 가하면 목련꽃차는 색깔이 검게 변한다는 것을 염두에 둔다. 꽃차 재료는 오염되지 않은 산이나 들에서 채취하는 게 좋다. 마구잡이로 꽃봉오리를 따는 것은 자연을 훼손하는 것이 될 테니 욕심부리지 말고 적당량만 채취한다.

　　하얀 목련이 필 때면 다시 생각 나는 사람/ 봄비 내린 거리마다 슬픈 그대 뒷모습/ 하얀 눈이 내리던 어느 날 우리 따스한 기억들/ 언제까지 내 사랑이어라 내 사랑이어라

목련 꼬투리를 딴다는 게 안쓰럽지만, 어찌하겠는가. 노래를 들으며 차를 우린다.

〈꽃차 만들기〉

1. 채취한 꽃봉오리는 이틀 정도 둔다. 싱싱한 봉오리는 손질하기
   가 어렵다. 시들해져야 만지기가 수월하다.
2. 털 달린 겉잎을 떼어내고, 하얀 꽃망울의 꽃잎은 순서대로 한
   장 한 장 펴 준다. 꽃잎을 많이 만지작거리면 체온에 의해 열이
   전해져, 꽃잎이 상처 입는다. 상처 입은 꽃은 완성된 후에 색이
   검어지니 주의한다. 꽃잎을 펼 자신이 없으면 꽃잎 낱장을 따서
   말린다.
3. 손질한 꽃은 바람이 잘 통하는 채반에 널어서 말린다.
4. 꽃이 자연 건조되면 노란 색깔이 된다. 바싹 말린 후 유리병에
   넣어 보관한다. 지퍼백에 넣으면 꽃잎이 바스러지니 유의한다.
5. 목련꽃차는 맨 먼저 눈으로 마신다. 유리 다관에 차를 우리면
   노란색 찻물이 된다. 그다음은 향기로 마신다. 마지막에 입으로
   마신다. 감기 기운이 있을 때 마시면 좋은 효능을 볼 수 있는 차
   이다.

추운 날씨에 모과차
과일전 망신은 모과가 시킨다

시댁 과수원 둔덕에는 온통 모과나무였다. 농번기가 끝날 즈음에 모과를 털거나 줍는 일도 만만찮았다. 수북하게 쌓인 모과 더미 앞에서 어머님은 무쇠 칼로 모과를 썰었다. 말려야만 약재상에 내다 팔 수 있다고 했다. 나무껍질이 매끄럽고 문양이 독특한 모과나무는 분재용으로 구분되었다. 몸통이 잘려나가고 분재용 철사로 친친 감겨 몸피를 줄인 나무. 아픔을 승화시킨 나무는 분홍빛의 꽃을 피웠고, 열매를 달았다.

모과 열매의 모양은 참외와 비슷하게 생겼다. 나무에 달리는 참외라 하여 목과木瓜 또는 목과木果라고 한다. '어물전 망신은 꼴뚜기가 시키고, 과일전 망신은 모과가 시킨다' 는 속담은 겉모습만 보고 판단한 것이다. 한때 모과가 남자한테 좋지 않다는 얄궂은 소문으로 인해 인기가 떨어지긴 했으나 효능을 모르는 무지에서 일어난 에피소드일 뿐이다.

어느 황제가 여행 중에 기후와 풍토에 적응치 못해 병이 들었다. 구토와 설사에 입술은 바싹 마르고 발은 부어서 걷기조차 힘들었다. 사방팔방으로 명의를 수소문하여 왕진을 청했다. 의사는 '모과'를 먹으면 나을 것이라고 진단을 내렸다. 황제는 맛있고 탐스러운 과실은 먹어 보았으나 못생긴 모과木瓜를 먹으라는 말에 진노하여 의사를 처형했다. 다른 의사를 불러오니 그 역시 모과를 처방했다. 황제는 자신을 우롱한다며 그 또한 처형했다.

세 번째 불려온 의사는 심사숙고했다. 분명 모과를 먹어야 낫는 병인데 어쩌나. "폐하의 병은 만수과萬壽瓜를 복용해야만 완쾌가 되는데 이 약은 제가 직접 준비해야 합니다." 만수과라는 과일 이름에 황제는 흡족했고, 약을 먹은 지 며칠 지나자 모든 증상이 완화되었다. 의사는 황제에게 만수과가 모과였노라고 고백했다. 황제는 자신의 무지를 인정하고 뉘우쳤다. 이후 모과는 만수과가 되었다.

모과로 청을 만들 때는 몇 가지만 살피면 된다. 겉피에 끈적거림이 있으니 식소다로 닦아서 손질한 후 물기를 제거한다. 과육이 단단해 칼을 사용할 때 자칫 손을 다칠 수 있으니 주의한다. 이 등분 내지 사 등분 하여 씨앗을 털어내고 납작 썰기나 아니면 채를 썰어(채칼 사용하면 편리) 설탕으로 버무려 병에 담는다. 말린 과육을 끓여도 되지만 모과청이 먹기에는 편리하다.

『본초강목』에 따르면 모과는 속이 울렁거릴 때 먹으면 속이 가라앉고 구워 먹으면 설사에 잘 듣는다고 되어있다. 모과에 함유된 비타민C, 플라보노이드 성분은 기침을 멎게 하고 가래를 삭여준다. 미세먼지가 심할 때 따끈한 모과차를 마시면 도움이 된다.

무엇이든 과하면 좋지 않다. 모과의 산 성분은 다량 섭취할 시에 치아와 뼈를 손상한다고 한다. 또한, 변비로 고생하는 경우에는 증세를 악화시킬 수 있으니 조금씩만 먹도록 한다.

모과의 신맛은 각종 유기산이 들어있어서 나는 맛이다.
유기산은 신진대사를 돕고 소화효소 분비를 촉진시킨
다. 입덧 증상에도 효과 있다.

유래 있는 음식

손이 많이 가는 음식, 강정
강정이 썹어 날림에 십 리를 놀래더라

　　　　　　뻥튀기 아저씨가 왔다. 뻥 아저씨는 아이들에게 선망의 대상이었다. 아저씨는 볕이 잘 드는 담벼락 옆에 가마니 거죽을 둘러 바람을 막고, 몸통이 올챙이처럼 볼록한 뻥튀기 기계를 돌렸다. 잘게 패어 놓은 나무토막이 자그마한 산을 이루어도 하루가 지나면 동이 났다.

　뻥 아저씨는 기계 입을 열어 둥근 배 안에 곡식을 붓고 쇠꼬챙이로 단단히 입구를 조였다. 자리를 고정한 기계 아래쪽에는 장작개비를 넣은 화덕이 놓였다. 한 손으로는 기계를 돌리고 다른 손으로 나무토막을 넣어가며 불 조절을 하였다. 어느 정도 시간이 지나면 왼손을 번쩍 들어 은빛 시계를 들여다보았다. '이제 튀밥이 다 되어가나 보다.' 굉음이 울리기 전에 뛰어야 했다. "걸음아 나 살려라." 귀를 막고 겨우 몇 미터 달렸나 싶을 때 "뻥!" 터지는 소리가 들렸다.

엿강정을 만들 때 가장 중요한 것은 시럽이다. 설탕을
많이 넣으면 딱딱해지고, 물엿을 많이 넣으면 잘 굳지
않는다. 시럽 농도는 설탕 1C, 물엿 1C, 물 3T, 소금
약간 넣어 끓여서 사용한다. 쌀 튀밥 155g에 시럽
1/2C을 넣어 버무리면 알맞다.

알라딘의 요술 램프처럼 하얀 연기 한 뭉텅이가 하늘로 솟구쳤다. "우와!" 달리던 방향을 돌려 우르르 뻥튀기 기계 앞으로 몰려갔다. 철망을 엮어 튀밥을 받아내는 망태기에서 튀어나온 뻥을 줍느라 땅바닥에 코를 박았다. 희한하지, 한 됫박 옥수수가 뻥 기계에 들어갔다가 나오면 한 자루가 되었다. 동화 속 램프의 요정 '지니'는 배불뚝이 뻥튀기 기계 속에도 살고 있었나 보다.

사카린을 넣어 달달하고 파삭한 튀밥은 가을철부터 다문다문 입을 즐겁게 해주었다. 어머니가 오일장에 가서 튀겨오기도 했으나 동네에 뻥튀기 아저씨가 며칠씩 머무를 때는 설이 가까워져 올 즈음이다. 뻥 아저씨는 '피리 부는 아저씨' 못지않게 동네 아이들을 끌어모았다. 아저씨는 뻥을 한 주먹씩 나눠주었다. 집에 가서 어머니한테 뻥을 튀겨달라 떼를 쓰라고 했다. 어머니는 못 이기는 척 두어 되 곡식을 자루에 담아주었다.

튀밥이 변신했다. 사랑채 가마솥에서 삶고, 끓고, 은근하게 곤 고구마엿과 수수엿이 튀밥과 어우러져 조화를 부렸다. 참깨, 들깨도 한 다리 거들었다. 집안에 단내가 흘렀다. 설음식 준비하는 어머니는 힘에 부치든 말든, 우리는 먹을 게 많아서 좋았다. 할아버지, 할머니께 세배하러 오는 이웃들 다과상에 강정이 올랐다.

예부터 내려오는 일상생활 지침서인 『규합총서閨閣叢書』에 보면 강정에 대해 언급해 놓았다. "강정이 씹어 날림에 십 리를 놀래더라." 찹쌀을 잘 일궈서 만든 강정은 손이 많이 가는 음식이다. 강정을 튀겼을 때 팽창되고 바싹 튀겨진 것이 좋은데 '속 빈 강정'일수록 높게 친다. 네모난 것은 '산자', 누에고치 모양은 '견병繭餠', 더 잘게 썰어 튀긴 것은 '빙사과'라 한다. 찹쌀을 반죽하여 말렸다가 만드는 게 원래 강정이지만 곡류를 엿에 버무린 것도 강정으로 칭한다.

엿물을 만들어 버무려 만든 것이 엿강정이다. 가정에서 쉽게 만들 수 있는 엿강정의 재료는 쌀, 콩, 깨 등 종류가 다양하다. 추운 계절에 영양을 보충하는 견과류 간식이었다. 예전에는 명절이 다가와야 만들어 먹던 귀한 음식이었으나 요즘에는 워낙 먹을거리가 흔해서, 강정은 그야말로 설 추억을 대신하는 대표 음식이 되었다.

설이 가까워지면 입가심용으로라도 강정을 만든다. 강정도 시류에 편승하여 퓨전으로 옷을 갈아입었다. 과일과 채소로 정과를 만들어 모양을 내고, 색깔 있는 식재료 분말을 섞어 물을 들인다. 굳이 돈을 들여 재료를 장만하기보다 냉장고에 잠자고 있는 견과류와 유자청, 녹차 등을 사용하면 된다. 설맞이가 달달하다.

정월 대보름에 깨무는 부럼, 호두
세상에는 온전한 내 것이 없구나

10여 년 전에 조그마한 텃밭을 마련했다. 남편은 노년에 용돈벌이 한다면서 밭 둘레에 호두나무를 심었다. 그런데 수확이 신통치 않다. 날짐승이 따가는 게 분명했다. 그나마 남은 열매를 거둬보면 구멍이 뻥뻥 뚫린 빈 호두였다.

우연히, 아주 우연히 보았다. 빨간 모자를 쓰고 호두나무 가지를 바싹 껴안고 있는 새를. 그런데 이 무슨 해괴한 일인가, 새가 호두나무 열매를 파먹고 있다니. 호두 알맹이가 딱딱하게 여물다 보니 "딱딱딱!" 호두 깨는 소리가 요란하다. 열매에 구멍을 뚫는 것은 다름 아닌 딱따구리였다. 세상에는 온전한 내 것이 없구나. 이 터는 원래 뭇짐승의 놀이터였으니 함께 나누며 살밖에.

호두와 추자는 언뜻 보아서는 구분이 쉽지 않다. 호두는 모양이 복숭아와 비슷하여 '오랑캐 나라의 복숭아' 라는 뜻의 '호도胡桃'라고 불렸다. 『고려사』에는 "추자 밭을 백성들이 경작하도록 나누어 주었다."는 기록이 나오는데, 가래나무의 한자 이름이 '추자楸子'이다. 열매가 흙을 파는 농기구인 뾰족한 가래와 닮았다고 하여 '가래 추楸'가 붙여졌다.

호두를 얘기할 때면 우선 천안을 떠올린다. 고려 말에 원나라 사신으로 다녀온 유청신柳淸臣이 호두를 가지고 와서 그의 고향인 천안시 광덕면에 심었다. 우리나라 호두 재배의 시초라고 전한다.

『동의보감』에 "호두는 몸을 튼튼하게 하며, 피부를 윤택하게 하고, 머리털을 검게 하며, 기혈氣血을 보하고, 하초下焦 명문命門을 보한다."라고 하였다. 호두는 신腎, 폐肺, 경으로 들어간다. 허파를 따뜻하게 하여 기운을 돋우어 천식을 멈추게 하는 효과가 있다. 호두는 정기가 허해서 속이 찬 사람에게는 좋으나, 담으로 열이 있는 사람은 많이 먹지 않도록 한다.

외국에서도 호두는 '신神이 내린 선물'이라고 불린다. 우리나라 결혼식 폐백에 밤과 대추를 신부 치맛자락에 던져주듯이, 로마에서는 호두를 그릇에 담아서 신부에게 주었다. 그 역시 자손을 많이 낳기를 기원하는 풍습이었다. 고대 그리스인들은 호두의 모양이 사람의 뇌를 닮았다고 하여 머리 치료에 사용했다. 또한 호두가 고환과 닮았다고 하여 정력제로 쓰였다. 중국 청조 때 서태후는 미모 유지를 위해 호두죽을 즐겼다고 한다.

그도 그럴 것이 호두에는 오메가3가 다량 함유되어 있다.

정월 대보름이다. 오곡밥에 귀밝이술을 마시고, 부럼을 깨물어 보자. 아름다운 풍속은 이어져야 한다. 그것이 문화이다.

"호두와 밤을 깨무는 것은 바가지를 깨는 것처럼 종기의 약한 부분을 깨물어 부숴버리는 것이다. 신령의 소리를 흉내 내 솜씨 좋은 의사가 침을 놓는 것이라는 주문을 외우며 깨문다."

- 김려의 『담정유고潭庭遺藁』

올 한 해도 무탈하기를 바라며 정월 대보름 부럼을 장만한다. 딱따구리가 먹다가 남긴 호두를 졸인다.

호두는 노인 변비에는 좋으나, 다량 섭취 시 설사를 유
발할 수 있다. 호두의 쌉쌀한 맛을 곶감의 단맛이 보완
해 주고, 곶감으로 인해 생길 수 있는 변비를 호두가
완화해 주니 호두와 곶감으로 말이를 하면 환상궁합이
다.

궁중 잔치 음식 초계탕醋鷄湯
오장육부를 시원하게 하는 음식

　　　　　여름철 대표적 보양식으로 삼계탕을 꼽
는다. 이열치열이라며 펄펄 끓는 국물을 먹지만, 실상 무더위
에는 오장육부를 시원하게 하는 음식을 먹어야 더위를 날릴 수
있다. 더운 계절에 삼계탕 못지않은 보양식이 있으니 바로 초
계탕이다. 삼계탕은 뜨거운 국물을 먹지만 초계탕은 시원한 국
물을 먹는다. 삼계탕은 보편화된 음식이나 초계탕은 궁중 잔칫
상에 오른 음식이었다. 궁중에서 먹던 차가운 보양식이 초계탕
인 것이다.

　조선 시대 궁중연회를 기술한 『진연의궤』나 『진찬의궤』에
초계탕이 기록되어 있다. '의궤'에는 연회의 모든 것을 기록하
여 놓았다. 연회에 초대된 손님 명단과 연회에 필요한 도구와
장식, 음식을 만드는 재료와 과정까지 상세하게 나열되어 있
다. 잔치를 즐겁게 하는 '음주가무'에서 '음'과 '주'는 필수적

인 것이다.

초계탕은 궁중에서도 흔하게 먹은 음식은 아닌 듯하다. 정조 임금이 수원 화성 행궁에서 어머니 회갑 잔치를 미리 당겨서 열었다. 여기에 초계탕이 처음으로 언급된다. 혜경궁 홍씨의 진짜 생일인 유월 중순경에도 잔치를 열었는데 초계탕을 차렸다. 무더위가 기승을 부리는 유월, 아마도 혜경궁이 초계탕을 즐겨 먹었으리라 본다. 기록으로 보았을 때 초계탕은 정조 무렵을 전후해서 발달한 음식이었을 가능성이 크다.

초계탕의 기록은 특별하다. 헌종 때 대왕대비의 생일잔치와 고종 때 효정왕후 칠순 잔치에 초계탕을 올렸다. 왕실 가족상에는 초계탕이 놓여 있지만 신하들 음식상에는 초계탕을 올리지 않았다. 고급 요리여서인지, 다른 이유가 있어서인지는 분명하지 않다. 초계탕 고명으로 버섯·해삼·전복 등을 사용했다니 재료 선정부터 건강까지 상당히 신경 써서 만든 음식이 분명하다.

1930년경부터 초계탕에 관한 내용이 민간 서적에 나오기 시작한다. 식초[醋]와 겨자[芥]를 넣어 먹은 '초개醋芥탕'이 '초계'로 전해져 왔다고 한다. 닭 육수에 식초를 넣어 새콤하게 만든 후, 삶아놓은 닭고기를 넣거나 닭고기 완자를 넣어 먹는다고 '초계탕醋鷄湯'이다. 즉, 식초와 닭이 들어간 탕이라서 초계탕인 것이다.

무더운 여름에 초계탕을 메밀묵이나 메밀국수에 끼얹어 먹으면 그만이다. 성분이 따뜻한 보양식 재료인 닭을 사용하여 국물을 만들고, 더위를 식혀주는 찬 성질의 메밀을 응용하니 음식 궁합이 제대로이다. 잔손이 많이 가는 음식이지만, 특별한 날에 가족의 보양식으로 추천할 만하다. 메밀면 대신 국수를 사용해도 된다.

〈초계국수 만들기〉

1. 닭을 손질해 삶은 후 고기를 건져서 잘게 찢어 놓는다.

2. 닭 육수는 기름을 걷어내고 참깨 또는 들깨를 갈아 섞어서 한소
   끔 끓인다.

3. 육수에 식초·설탕·소금으로 간을 맞추어 시원하게 보관한다.

3. 기호에 맞게 고명을 준비한다.

4. 국수를 삶아 준비해 둔 육수를 붓고 고명을 곁들인다.

해파리의 무한변신, 해파리냉채
톡 쏘는 겨자소스의 얼얼한 맛

수온이 높아지면 무법자가 설치고 다닌다. 비늘도 지느러미도 없는 강장동물이 무리 지어 바다에 둥둥 떠다닌다. 이 무법자를 『본초강목』에는 '해차海鰣, 수모水母, 저포어樗蒲魚, 석포경石鏡'이라 하였다. 이것을 육지 사람은 삶아 먹거나 회를 만들어 먹는다고 기록하였다. 서양에서는 'stone mirror(돌 거울)', 'sea moon(바다의 달)', 'monk's hat(중의 모자)', 씹히는 맛이 젤리 같다고 해서 '젤리피쉬'라고 부르며, 우리는 '해파리'라고 한다.

정약전의 『현산어보』에도 해파리를 삶거나 회로 먹었다는 내용이 있으나 중국 음식에 대한 기록을 따라가지 못한다. 은나라 재상이고 요리사였던 '이윤'은 비와 곡식의 풍흉을 꿰뚫어 보는 힘이 있었다. 그가 중국의 음식을 성문화시키며 해파리를 언급했다. 그보다 수백 년 앞선 하夏 왕조의 자손인 '팽조' 도 해파리를 먹었다는 기록이 있다. 해파리 음식은 고대 왕족들이 즐기고 현재까지도 중국인들이 즐기는 진미 음식으로 꼽힌다.

한때 해파리냉채에 빠져든 때가 있었다. 아이들 돌상이나 어른 생일상, 집들이 손님을 맞을 때도 식탁에 해파리냉채를 올렸다. 염장한 해파리를 찬물에 몇 번 헹궈낸 후 따끈한 물에 잠시 담가 두면 꼬들꼬들 오그라든다. 너무 물컹거려도 식감이 좋지 않고, 자칫 끓는 물에 담그면 고무줄처럼 질겨져서 먹기가 거북스럽다. 그릇에 갠 겨자를 국솥 뚜껑에 엎어서 발효시키면 얼마 후 톡 쏘는 향기가 코를 얼얼하게 만든다. 겨자에 함유된 시니그린 성분은 침과 위액 분비를 촉진해 소화 기능을 돕고 항균작용을 한다.

30여 년 전, 아파트를 분양받아 입주하자 시댁 식구들이 집들이 왔다. 시댁 백모와 숙모를 비롯하여 사촌들까지 모이자 집안이 북적거렸다. 해파리냉채를 상에 올렸는데 백모님이 한 젓가락 드시고는 식겁을 하셨다. 음식상을 차리느라 서두르다 보니 겨자소스를 많이 부은 모양이었다. 등을 두드리고 냉수를 드리고, 어찌 그 송구한 에피소드를 잊을 수 있으랴. 그 후로 어디서든 해파리냉채를 마주하면 한마디 내뱉는다. "매우니까 조심해서 먹읍시다."라고. 겨자소스의 매운맛에 눈물 콧물 쏟아냈던 그 시절, 고초 당초 시집살이 매운맛은 몰라도 겨자 매운맛은 톡톡히 겪었다.

요즘은 밀키트meal kit 제품이 쏟아져 나온다. 소스까지 동봉되어 나오니 얼마나 간편한가. 1~2인 가족에게 더없는 요리 천국이다. 날씨가 더워지면 식탁에 냉채가 어울린다. 해파리냉채는 지방이 거의 없어 다이어트 식품으로 주목받는다. 부재료에 따라 칼로리를 높일 수 있고, 화려한 차림을 할 수도 있다. 냉채에 파프리카를 넣어 색감을 살리고, 오이를 넣어 시원함과 더불어 비타민과 무기질을 보충하면 좋다. 삶은 수육과 닭고기를 곁들이면 영양적인 면에서도 부족함이 없다.

해파리에 오이나 무를 넣어도 좋지만, 게살을 넣어도 별미이다. 비싼 음식점에는 '해파리와 구운 오리고기', '해파리와 닭고기무침'이 나온다. 그 외에도 해파리초밥, 해파리국수, 해파리아이스크림까지 개발했다니 해파리의 무한변신이 놀랍다.

해파리는 짜고 평한 성질을 가지고 있다. 폐, 간, 신경
에 귀경한다. 단백질, 칼슘, 탄수화물, 젤라틴 등이 주
성분이다. 콜레스테롤 수치를 낮춰주고, 관절염, 기관
지염, 천식, 피로 해소에도 도움을 준다. 주의할 것은
비장과 위장이 허한 사람은 많이 먹지 않도록 한다.

독특한 향의 전호나물

눈 녹은 물이 스며들어 싹 틔우는 울릉도 봄 전령사

'비수기 뱃삯 30% 할인'

수년 전 태하마을 펜션에서 며칠 동안 지냈던 기억을 끄집어 냈다. "파도가 좀 셀 것 같습니다. 울릉도가 그리 쉬운 곳은 아니니 고려하십시오. 화려한 곳은 아닙니다만 스트레스는 다 풀어놓을 수 있을 겁니다. 그 정도는 충분히 받아 줄 아량 있는 바다입니다." 당시 용감하게 배에 올랐으나 초주검이 되어서 배에서 내렸다. 파도에 흔들리는 배는 그야말로 망망대해의 일엽편주였다. 펜션 주인이며 후배인 K의 말을 생각하니 또 구역질이 난다.

얼마 전에 병원 신세를 진 딸아이가 바람 쐬고 싶단다. 그래, 떠나자. 귀 밑에 멀미 패드 붙이고, 멀미약도 먹고, 만반의 준비를 한다. 아침만 손수 해 먹고 나머지는 울릉도 음식으로 때워야겠다. 몇 가지 반찬과 주류를 챙겼다.

배가 출항하자 속이 울렁거리기 시작했다. 약에 취한 사람들은 잠들었는지, 자는 척하는 건지 모두 눈을 감았다. 두 번째 울릉도 나들이 역시 내겐 고역이란 말인가. 푸른 바다 밀림 속에 나 홀로 내동댕이쳐진 기분이다. 아나콘다가 배를 친친 감고 마구 흔들었다. 나는 '죽을죄'를 지을 만큼 나쁜 사람은 아니다. 바다의 신 포세이돈이 지켜줄 거야.

도동항 여객선 터미널, 어깨가 튼실한 바위 섬이 거친 숨소리를 낸다. 여전히 절벽 끄트머리에는 아찔하게 매달린 향나무가 묘기를 부린다. 후배는 그랬다. 울릉도는 자유국가에 속한 공산국가라고. 그 말을 한 번쯤은 곱씹어 봐야 했거늘.

비수기에 여객선 운항이 일정치 않은 것은 백번 이해하고도 남는다. 도동항에서 문을 연 밥집에 무조건 들어갔어야 했다. 맛집을 찾으려고 여기저기 기웃거린 게 육지 사람들의 욕심이었음을 절실하게 깨달았다. 어떻게 밥 먹을 데가 이리도 없을까. '육지에 갑니다. 내년 봄에 만나요'라는 안내판이 얄밉다 못해 괘씸할 정도였다.

"밥 좀 주세요.", "비수기에는 장사 안 합니다." 사람을 빤히 보고서도 거부하는 식당 주인을 딱히 나무랄 수만도 없다. 결국 펜션에 도착하여 식사를 해결했다. 종일 쫄쫄 굶다가 해거름이 되어서야 한 끼니를 먹은 것이다. '비수기', '할인'이라는 말은 '불편함을 감수해라'라는 말로 해석해야 옳았다. 먹을

전호나물을 무칠 때는 독특한 향을 살리기 위해 마늘, 파 등의 향신 양념은 넣지 않는다. 숙채는 간장, 참기름으로 무치고, 생채는 식초, 설탕, 소금으로 간해서 본래의 맛을 느끼는 게 좋다.

것은 흉년인데 울릉도 밤하늘에는 총총 별이 풍년이다.

울릉도에서 즐겨야 할 것은 바다를 보는 일, 풍경을 보는 일이 전부였다. 아, 또 있다. 끼니를 해결해야 한다. 비탈밭에 쭈그리고 앉아 나물 뜯는 어르신들이 다문다문 보였다. 후배네 밭에 올랐다. 겨우내 몸을 웅크리고 있던 부지깽이나물이 햇살을 받아 푸릇하다. 부지깽이도 맛있지만 지금은 눈 속을 비집고 나온다는 전호나물 철이 아닌가. 산바람을 피하려 목도리를 칭칭 두르고 나물 사냥에 돌입한다. 나물 뜯으며 생으로 질겅질겅 씹는다. 쌉싸름하니 약초 향이 돈다. 나물로 배를 채운다. 입이 쓰다.

밥상에 찬을 올렸다. 전호나물 데쳐서 무치고, 전호나물에 초장 뿌려서 생채, 전호나물 부침개, 전호나물 씻어서 쌈장에 찍어 먹고. 내 생애 이렇게 푸짐하게 전호나물 포식하기는 처음이다. 동네 아저씨한테 전호나물이 왜 좋은지 물었다. "그냥, 몸에 다 좋은 나물입니다."

울릉도 전호는 눈이 녹아 물이 뿌리에 스며들면 싹을 틔운다. 울릉도의 봄을 알려주는 전령 식물이라고 한다. 미나릿과 식물로 언뜻 보면 당근 잎과 비슷하다. 전호는 한약재이다. 감기 초기 증상인 발열, 천식을 일으킬 때 효과를 나타내고, 특히 폐에 작용하여 가래를 삭이고 기침을 멈추게 한다. 주의할 점은 기운이 지나치게 떨어졌거나 가슴에 열이 쌓여 번민 증상이 있을 때는 먹지 말아야 한다.

이번 울릉도 나들이는 만만찮은 여행이었다. 그나마 다행인 것은 전호나물을 만났다는 것이다. 비수기 여행길에는 준비가 필요하다. 특히, 먹을 것 챙기는 것은 필수.

장수와 풍요를 바라는 떡국
천지 만물이 시작하는 새날의 복된 음식

　　　　　　　어머니는 자식들이 모이는 날이면 떡을 준비한다. 고물이 들어간 떡은 쉬이 상할 수 있어 보관이 쉽지 않다며 꼭 가래떡을 뽑아서 자식들에게 나눠준다.

　얼마 전 작은오빠네 집들이 모임에도 어김없이 떡상자가 자리했다. 요즘 배곯는 자식은 없다. 그러나 어머니 처지에서는 자식들을 배불리 먹일 음식으로 떡만큼 푸짐한 것도 없었으리라. 시골에서 뽑아온 두어 말가량의 가래떡이 썰기 좋을 정도로 알맞게 꾸덕하다. 연로하신 어머니와 칠순을 바라보는 큰언니가 그 많은 떡을 썬다.

　예전에는 설에만 가래떡을 뽑았다. 가래떡을 미리 해서 썰어두어야 일거리를 줄일 수 있었다. 어머니는 세시歲時가 다가오기 며칠 전부터 바빴다. 우물물을 두레박으로 퍼서 두어 말씩이나 되는 쌀을 씻어 불렸다. 불린 쌀은 조리로 일어야 하는데 쌀에 뉘와 돌은 또 왜 그리 많았는지. 고무장갑도 없던 시절이라 어머니 손은 벌겋게 얼었고, 튼 손에서 핏물이 비치기도 했다. 소쿠리에 건져 물기를 뺀 쌀은 함지박에 담아 아버지는 지게에, 어머니는 머리에 이고 윗마을 방앗간을 찾았다. 이날 만큼은 촐랑거리며 따라나서는 막내딸을 내치지 않았다. 아마도 떡쌀을 지키고 있으라는 묵언의 암시였는지도 모르겠다. 이른 아침인데도 쌀을 담은 그릇들의 행렬은 길었다.

방앗간에서는 장작을 지펴 떡을 쪘다. 구수하게 익어가는 떡 냄새가 온 동네 아이들을 모여들게 했다. 수증기가 하얗게 뿜어져 나오는 떡방앗간에 제비 새끼처럼 조잘거리며 모여든 아이들로 인해 와자한 놀이마당이 펼쳐졌다. 술래잡기며, 숨바꼭질이며, 남자아이들이 하는 자치기 놀이에까지 끼어들었다가, 우리 떡살 보퉁이는 잘 있는지 한 번씩 둘러보곤 했다.

찜통에서 잘 쪄진 쌀은 떡 기계로 쓸려 들어가 기다란 가래떡으로 변했다. 물이 철철 넘치는 함지박으로 하얀 가래떡이 줄줄 쏟아져 나왔다. 방앗간 집 아주머니의 손은 보통 재바른 게 아니었다. 여러 가닥으로 나오는 떡을 가위로 잘라 길이를 맞추었다.

아침에 맡긴 떡쌀은 오후 중참이 지나서야 떡으로 환생했다. 얼마나 귀했던 떡인가. 축축 늘어지는 가래떡을 할머니가 고아놓은 수수조청, 고구마조청에 찍어 목을 한껏 젖혀가며 먹었다. 어른들은 홍시에 떡을 찍어서 드신다지만 어찌 차진 조청에 비교할 수 있을까. 하루 이틀 지나 꼽꼽해진 떡을 써는 어머니 곁에서 동전 모양의 떡을 구워 먹는 맛도 또 다른 즐거움이었다. 화롯불에 달궈진 인두에 떡을 올려놓고 잠시 기다리면 떡은 봉긋하게 부풀어 올랐다. 나무 기둥처럼 떡떡 갈라진 마른 가래떡 동가리는 아버지가 사랑채 아궁이 숯불에 구워주었다. 시골 아이에게 이만한 주전부리가 있으랴. 요즘에야 때깔 좋고 맛 좋은 떡이 널려있지만, 예전엔 가래떡만 한 것이 없었다.

떡국은 설날에만 먹는 특별식이었다. 요즘에야 수시로 떡국을 먹으니 귀한 음식도 특별식도 아니지만, 그래도 세시에 먹는 떡국은 큰 의미가 담겨있다. 설날에 먹는 떡국은 천지 만물이 시작하는 새날의 음식이다. 흰떡은 백의민족의 깨끗함을 표상하고, 둥근 모양으로 길게 늘여놓은 가래떡은 장수를 바라는 소망을 품었다. 떡국의 둥근 모양은 엽전과 비슷하여 물질적 풍요로움을 바랐다고 하니 새해에 먹는 음식으로 이보다 복된 음식은 없을 것이다.

유년의 기억엔 젊은 모습의 어머니가 있다. 가래떡같이 긴 시간을 더듬으며 떡국을 끓인다.

떡국에 사용하는 육수는 식성에 따라 선택한다. 꿩 육
수가 좋다 하지만 사골 우린 국물도 좋고, 멸치를 우려
서 사용해도 무난하다. 집집마다 떡국을 끓이는 방식이
나 고명은 조금씩 다르다. 그러나 대체적으로는 황백
달걀지단과 다진 소고기를 고명으로 얹고 김가루를 얹
는다. 기호에 따라 만두, 두부, 파를 넣기도 한다.

역귀와 잡귀를 물리친다는 동지팥죽
자신의 안위가 아니라 후손들의 건강과 앞날을 위한 기도

식구도 단출한데 팥죽을 끓여야 하나 말아야 하나. 팥죽을 생각했다는 자체부터 팥죽을 '끓여야' 하는 쪽으로 기운다. 예전에야 가마솥에 팥을 삶아 체에 내리고, 찹쌀가루로 새알심 만드느라 진종일 정지에 붙들려 있어야 했으나 요즘에야 식은 죽 먹기 아닌가.

동짓날인데 그냥 지내기 서운해서 팥죽을 조금만 끓여보았다. 지난밤에 팥과 찹쌀을 물에 불려놓았다. 아침에 일어나 팥은 압력솥에 삶고, 찹쌀은 소쿠리에 밭쳐 물을 뺀 후 분쇄기에 갈았다. 익반죽한 새알심은 물 양을 못 맞춰 질척하긴 하나 그런대로 사용할 만하다. 푹덕푹덕 팥죽을 쑨다. 소금 간 심심하게 하고 불 낮춰 뜸 들이니 팥죽, 완성이다.

동짓날 팥죽 쑤어먹는 풍속은 중국에서 전해 온 것이다. 중국 신화에 나오는 공공씨共工氏는 황하를 다스리는 신이였다.

황하의 홍수로 인해 강물이 범람해 그의 아들이 죽었다. 그의 아들은 역귀疫鬼가 되어 수인성 전염병을 퍼트렸다. 전염병에 걸린 사람들은 어찌어찌하여 뜨거운 팥죽을 끓여 먹고 영양을 보충해 병을 이겨내었다는 이야기가 전해 내려온다. 동짓날 뜨거운 팥죽을 먹으면 소화가 잘되고 양의 기운을 보충할 수 있어 몸에도 이로웠을 것이다. 붉은 색깔의 팥은 '양陽'을 상징하므로 '음陰'의 속성을 가지는 역귀나 잡귀를 물리치는 것으로 인식했다.

믿음은 얼마나 질기고 거룩한가, 동짓날 팥죽을 쑤어 대문이나 장독대에 뿌리면 귀신을 쫓고 재앙을 면할 수 있다고 여겼다. 이사하거나 새집을 지었을 때도 팥죽을 쑤어 집 안팎에 뿌리고, 이웃과 나누어 먹었다. 우리 할머니도 팥죽을 쑤어 장독대, 곳간, 우물, 대문 앞에 차려놓고 기도를 올렸다. 할머니의 뒷모습을 바라보노라면 숭고했다. 자신의 안위가 아니라 후손들의 건강과 앞날을 위한 기도였다. 며칠 동안 살얼음이 서걱거리는 팥죽을 먹었다. 당시에 팥죽을 먹으면 병에 걸리지 않고 나쁜 일도 생기지 않는다는 할머니 말씀을 철석같이 믿었으니까.

『영조실록』에 '동짓날 팥죽은 비록 양기가 되살아나는 것을 기원하는 뜻이라고는 하지만, 귀신을 쫓겠다고 문지방에다 팥죽을 뿌려대는 것은 올바른 일이 아니니 그만두라고 명했는데

도 아직까지 팥죽 뿌리는 행위가 계속되고 있다. 이후로는 철저하게 단속해 잘못된 풍속을 바로잡아라' 라는 기록이 있다. 임금의 명령도 먹혀들지 않았을 정도로 동짓날 팥죽을 뿌리는 풍습이 지나쳤던 모양이다.

설, 한식, 추석, 동지는 우리나라 4대 명절의 하나이다. 동지冬至는 글자 그대로 겨울에 이르렀다는 것이다. 일 년 중 밤이 가장 길고 낮이 가장 짧은 날이다. 동지를 기점으로 점차 낮의 길이가 길어진다. 예전에는 동지를 아세亞歲라고 하여 새해에 버금가는 날로 보았다. 옛 속담에 "동지팥죽을 먹어야 진짜 나이를 먹는다"고 하지 않던가.

팥죽에는 단백질, 지방, 당질, 회분, 섬유질과 비타민 B1이 많이 들어있다. 한마디로 몸에 좋은 음식이다.

독립군 큰아이한테 전화 걸려온다. 팥죽 한 그릇 사서 먹으랬더니 비싸지 않냐고 묻는다. "몇천 원이면 한 그릇 사 먹을 수 있다. 한 해 병치레도 물리쳐줄 테고, 나쁜 일도 면할 수 있다." 예전 할머니 말씀을 그대로 옮긴다. 쿡 웃음이 난다.

팥에는 비타민 B1의 함량이 높아 각기병 예방과 변비
에 탁월한 효능이 있다. 또한 소변 잘 나가게 하고, 붓
기를 내려준다. 팥은 막힌 것을 뚫어주는 데 효과가 있
으나, 뚫리고 난 다음에는 먹기를 멈춰야 한다. 오래
먹으면 몸이 마르고 검어진다고 한다. 팥과 같이 전분
함량이 높은 두류는 주로 소와 고물로 이용된다.

봄을 부르는 냉이
흙과 한 몸이 되어있는 저 끈질긴 생명의 풀

　　　　　설 쇠고 나서 정월 보름 안에 나숭개 반찬을 세 번 먹으면 보약이라고 했다. 할머니는 엄동설한을 견딘 식물은 보약이어서 뭣이든 간에 잘 낫는다고 '나숭개'라고 하였다. 어린아이가 뭘 알겠냐만, 보름이 몇 날 남았느냐고 할머니께 여쭤가며 나숭개를 캐려고 악착을 부렸다.

　겨우내 얼고 녹기를 반복한 밭고랑에서 엉덩이를 치켜들고 나숭개를 찾아다녔다. 바닥에 납작 엎드려 흙과 한 몸이 되어 있는 저 끈질긴 생명의 풀, 자세히 들여다보지 않고서는 나숭개인지 마른 풀인지 구분이 쉽지 않다. 응달의 나숭개는 호미 끝이 땅에 들어간다고 해도 이내 뿌리가 잘려나갔다. 겨울 햇살이 내리쬐는 폭신한 흙 속에 나숭개가 웅크리고 있었다. 빈 고춧대가 남아있는 밭고랑이나 흙바람이 쓸고 간 정구지밭에 특히 나숭개가 많았다. 거름발을 받아 뿌리가 실하게 뻗은 명당에서 나물 캐는 재미는 쏠쏠했다.

그 나숭개를 '냉이' 라고 부르게 된 것은 초등학교 음악 시간에 "동무들아 오너라 봄맞이 가자/ 너도 나도 바구니 옆에 끼고서/ 달래 냉이 씀바귀 나물 캐오자/ 종다리도 높이 떠 노래 부르네"라는 〈봄맞이 가자〉 동요를 배우고 나서부터였다.

송나라 때 시인 신기질은 "성내에 있는 복숭아나무와 오얏나무는 이른 봄비와 봄바람에 흔들리며 봄이 어서 오기를 마음을 졸이며 기다리는데, 개울가에 냉이들은 벌써 꽃을 피우누나!"라고 읊었다.

냉이를 식용으로 사용한 역사는 유구하다. 『시경詩經』에 보면 「기감여제其甘如薺」라는 시구가 나온다. '냉이 속에서 우러나오는 그 단맛' 이라는 뜻이다. 중국에서는 봄이 오면 냉이를 사용하여 만두를 빚었는데 그것이 '춘병' 이다. 또 냉이와 갖은 양념과 고기를 배합하여 만든 요리를 '춘반' 이라고 불렀다.

월동한 냉이는 잎이 검고 향이 짙다. 겨울에 이만한 비타민 보급품이 있으랴. 또한 냉이는 채소 중에서 단백질 함량이 뛰어난 산야초이다. 한방에서는 야채보다는 약초로 부르는 약용 식물이다. 겨울을 몰아내고 봄을 맞이하려는 계절에 나른하게 몰려오는 춘곤증 예방에도 냉이만큼 좋은 식품은 없다. 밥상에 오르는 냉이는 보약이었고, 또한 봄맛을 전해주는 전령사였다. 한겨울에서 막 봄의 서툰 걸음마를 시작하는 길목에서만 먹을

수 있는 냉이, 봄풀이 올라오면 냉이는 이미 꽃대를 올리고 뿌리가 억세져서 먹을 수가 없다.

요즘은 사철 냉이를 구할 수 있다. 하우스에서 자란 냉이는 연녹색을 띠고 있다. 하지만 검갈색 잎에 뿌리가 짧고 곧은 노지露地에서 자란 냉이를 구하기는 쉽지 않다. 손질한 냉이를 팔팔 끓는 된장찌개에 넣어도 그 향은 감하지 않는다. 불고기에 넣어도 그만이다.

음식은 시기에 맞춰 제대로 먹어야 약이 된다. 봄은 목木에 속하고 그 기운은 따뜻하며 간肝에 통한다. 간 기운은 소통하는 것을 좋아하고 억울 되는 것을 싫어하기에, 억울 되면 급해진다. 이때는 느슨하게 해주는 단맛 섭취가 필요하다. 간 기운이 과도하게 항진되지 않도록 하고, 비脾를 보하기 위해서는 신맛과 단맛의 적절한 균형을 유지하는 게 좋다. 간에 좋다고 신맛만 먹으면 오히려 간에 무리가 간다. 봄에는 성질이 평하고 단맛이 도는 재료로 음식을 만든다. 냉이도 그중 한 가지다. 냉이를 데쳐서 된장과 고추장을 섞고 들기름을 쳐서 조물조물 무쳐도 맛있거니와 새콤달콤한 초장에 무치면 입맛을 한껏 돋운다.

냉이의 본초명은 제채薺菜이다. 보약이며, 향으로 먹는 봄나물이고, 추억을 부르는 요리이다. 냉이 한 움큼이면 겨우내 움츠러들었던 몸에 봄기운이 한가득 스며든다.

엄마 생각

콩나물밥

"밥 먹어라!" 담장 안에서 부르는 어머니 목소리

"밥 먹어라!"

담장 안에서 어머니 목소리가 들렸다. 어머니는 밥상을 차리며 저녁 먹을 시간이 되었다는 기별을 보낸 것이다. 재차 부를 때는 밥상을 방 안에 들일 때이다. 그 전에 집에 도착해야 한다.

어린 시절에는 덥거나 춥다고 해서 딱히 계절을 구분하지 않았다. 학교, 심부름, 숙제, 만화책 읽기가 일과의 대부분이었으나 어쩌다 학생 잡지나 동화책을 선물 받으면 표지가 닳도록 읽고 읽었다. 그 외는 산을 오르고 들판을 누볐다. 모퉁이 돌아학교 운동장은 뜀박질 장소일 뿐이었다. 나에게는 공기놀이보다 개울과 산이 새롭고 신기한 놀이터였다.

특혜가 있다면 오빠가 셋이어서 어디든 따라다녔다. 오빠 꽁무니 따라다니면 가끔 놀이 차례가 주어졌다. 깡통차기와 마부리치기(구슬치기), 자치기를 하였다. 깡통차기는 뛰어다니며 깡

통에 발길질하는 놀이이고, 마부리치기는 한쪽 눈을 감고 상대의 마부리를 맞추면 되는 것이지만, 자치기는 정말 신경을 써야 한다. 땅바닥의 흙을 종지기만큼 파내고 그곳에 한 뼘 길이의 아들 작대기를 세운다. 부지깽이 길이의 어미 자로 아들 작대기의 윗부분을 톡 쳐서, 붕 뜰 때 딱 맞춰 멀리 쳐내야 한다. 헛손질하면 바로 탈락이다. 어미 자로 거리를 재서 승패를 가르는 이 놀이는 시간을 야금야금 잡아먹었다.

엄마의 부름에 놀이를 마치고 시린 물에 손을 씻는 둥 마는 둥 방 안으로 들어섰다. "아, 콩나물밥이다." 밥상에는 콩나물밥이 차려져 있었다. 정짓간 구석의 비료 푸대에 묻어둔 움파는 밑동까지 잘라 먹었고, 사랑채 윗목 옹기 자배기에 심어놓은 움파는 순을 잘라 먹어도 며칠 후면 또 뾰족하게 순을 올렸다. 움파를 송송 썰어서 만든 양념장이 입맛을 당긴다. 파와 마늘, 고춧가루와 깨소금을 넣고 들기름을 듬뿍 친 양념간장을 한 수저 떠서 콩나물밥에 쓱쓱 비벼 먹는다. 콩나물밥은 뜨거울 때보다 식었을 때가 더 맛있다.

겨우내 콩나물시루는 안방 모서리를 차지했다. 시루 바닥이 보일 즈음이면 엄마는 다시 콩을 장만해 물에 불렸다가 촉을 틔웠다. 넓적한 자배기에 물을 칠팔 부 정도 담고 그 위에 쳇다리를 걸친 후 옹기 시루를 얹는다. 시루 안 아래쪽에 삼베를 깔고 그 위에 짚을 깐 후에 촉 틔운 콩을 안쳤다. 수시로 물을 떠서 콩나물에 부었고, 물빛이 흐려지면 다시 새 물로 바꾸었다. 햇빛을 보면 안 된다고 시루에 두툼한 광목보자기를 씌웠는데, 이삼일 후부터는 발이 나온 콩나물을 먹을 수 있었다.

콩나물은 두아豆芽 또는 두아채豆芽菜로 불려왔다. 고려 때 저술된 『향약구급방鄕藥救急方』에 보면 대두황大豆黃이라는 이름이 등장한다. 『본초강목本草綱目』이나 『산림경제山林經濟』에도 기재되어 있는 것으로 보아 고려 이전부터 식용했음을 알 수 있다. 다른 나라에는 숙주나물을 사용했는데 아마도 우리나라에서만 콩나물을 즐겨 먹은 것으로 짐작한다. 겨울철에 부족한 비타민C를 콩나물로 대체하는 슬기가 놀랍다.

러일 전쟁에서 일본 군인은 갑판에서 콩나물을 길러 비타민을 보급하였고, 러시아 군인은 콩으로 수프를 끓여 먹었다. 한겨울 괴질이 속출하였으나 콩나물을 먹은 군인은 풍토병에 걸리지 않았다. 결국 전쟁에서 승패까지 결정짓는 중요한 식재료가 다름 아닌 콩나물이었던 것이다. 동의보감에도 콩나물은 산후조리에 피를 맑게 하고 원기회복에 사용했다고 전한다.

어머니는 삶은 보리쌀을 가마솥에 고르게 깔았다. 아마 눌은 밥을 염두에 두었을 것이다. 그 위에 쌀을 안치고 한소끔 끓어오르면 무채를 올리고 콩나물을 넣은 후 뜸을 들였다. 물컹한 무밥은 싫었으나 콩나물밥은 먹어도 먹어도 질리지 않았다. 아마 양념장 맛이 아니었을까. 이맘때가 되면 콩나물밥이 그립다.

콩나물밥을 짓는다. 냄비에 불린 쌀을 안치고 한 번 끓고 나면 뜸 들이는 과정에서 콩나물을 올린다. 뚜껑만 열지 않으면 콩 비린내는 걱정하지 않아도 된다.

콩나물밥을 식탁에 차린다. 휴대전화 놀이에 한창인 작은아이 방을 향해 소리친다. "밥 먹어라!"

무농약 콩나물은 전체적으로 몸통이 가늘며 뿌리가 길다. 콩나물은 여러 영양소를 함유하고 있으나 특히 아미노산의 일종인 아스파라긴산이 뿌리에 많이 함유되어 있어 숙취에 좋은 음식이다.

쑤고 쳐서 먹는 도토리묵

묵 먹고 묵〔泡〕, 입 다문 채 묵黙, 묵묵부답

　　　　　　친정 사랑채 아랫목이 자글자글하다. 예
전엔 뜨겁고 등이 배겨서 몇 겹의 이불을 깔았는데 이젠 삭신
이 녹아내릴 것 같은 이 뜨거움이 좋다.

　평상시 친정에 들르면 꼭 엄마 곁에 잠자리를 편다. 엄마 뱃
가죽을 주무르고 젖꼭지를 검지와 중지 사이에 끼워 장난을 친
다. 하지만 친정 행사 때 언니들이 오면 엄마 옆자리를 양보할
수밖에 없다. 큰언니와 몸이 아픈 작은언니는 일찍 잠자리를
펴기도 하거니와 사랑채 아랫목에 몸 지지는 것을 선호하기 때
문이다.

　큰언니가 묵을 쑨다. 내가 쑬 때는 떡 덩어리가 되어 식겁했
는데 언니는 설렁설렁 해도 묵의 농도가 딱 알맞다. 인터넷에
나와 있는 묵 쑤는 방법은 묵가루와 물의 비율을 1 : 5로 잡고
뜸을 잘 들이면 된단다. 처음에 그 방법으로 묵을 쑤다가 실패

를 보았다. 가령 묵은쌀과 햅쌀로 밥을 지을 때가 다르듯이 묵가루도 농도가 다르다는 것을 염두에 두어야 한다. 큰언니는 도토리 열매를 분말로 만들지 않고 물녹말 상태로 냉동해 두었다가 사용한다. 물녹말에 물을 대략 부어 가스 불 위에 올려놓고 휘휘 젓는다. 공기집이 생기면 불을 낮추고, 솥 중앙에까지 뽀글뽀글 공기집 꽃이 피자 몇 번 저어주다가 불을 끈다. 뜸을 오래 들이지 않았는데도 찰진 묵이 되었다.

낱낱의 도토리가 모여 뭉근하게 묵이 되는 과정이 정겹다. 신갈나무 잎은 옛날에 과객들이 짚신 밑에 깔고 다녔다고 한다. 떡갈나무의 어린잎으로는 떡을 싸 먹고 도토리로 묵을 쑤었다. 잎이 곱다는 갈참나무며, 열매가 장기판의 졸같이 생겼다는 졸참나무도 있다. 선조의 피란길에 상수리로 묵을 쑤어 올렸다는 상수리나무는 얼마나 대견한가.

어머니 곁에 모이면 우리 형제자매 역시 뭉근해진다. 큰 나무, 작은 나무, 앉은 나무, 누운 나무는 각자의 허세와 남루를 내려놓는다. 딱딱함, 뜨거움, 부드러움의 과정을 밟아 아우른다. 어머니라는 큰 나무 아래 옹기종기 모여 시간 속을 걷는다. 우리는 묵을 쑤고, 묵을 쳐서, 묵 한 사발에 웃는다.

사랑채 가마솥 뚜껑이 연신 픽픽거린다. 묵 만드랴, 물 데우랴, 딴에는 하루가 벅찼는가 보다. 모처럼 언니들과 누워 옛날 얘기를 나눈다. 언니들과 고릿적 시절로 돌아가 마냥 깔깔거린다. 딸내미들의 얘기를 듣고 있던 엄마가 조용히 말씀하신다. 그때는 왜 그리 살림도 넉넉하지 못하고 마음의 여유가 없었는지 모르겠다며. 우리에게는 푸릇한 추억이지만 어머니한테는 아픈 가시일 수도 있겠다.

얼마나 시간이 흘렀을까. 같은 방향으로 향하던 소복한 수다가 차츰 사그라질 무렵, 갑자기 쌩하고 찬바람 불듯 어지럽다. 주무시겠지, 생각했던 어머니가 한숨처럼 말씀을 토하신다. 분명 잠꼬대는 아니었다.

"이렇게 세 딸과 나란히 누워 한방에서 잠을 자다니, 내 생에 이런 날이 또 올는지 모르겠다."

묵[泡] 먹고 묵, 입 다문 채 묵默. 모두 묵묵부답이다.

도토리묵은 체내 중금속을 배출하고, 타닌 성분은 설사를 멎게 한다. 묵은 저열량이라 다이어트에도 좋으며, 항산화 작용을 한다. 메밀은 찬 성질인데, 도토리는 따뜻한 성질을 가졌다. 허한 몸을 보하고, 정기가 흩어지는 것을 안으로 모아주는 수삽 효능이 있다. 도토리는 여성들에게 특히 좋은 식품이다. 그러나 열이 많은 사람은 과하게 먹지 않도록 한다.

입맛을 돋우는 상추쌈
생식의 신에게 바치는 제물

여름철 반찬으로 쌈이 으뜸이다. 아침 밥상에 쌈이 올랐다. 어머니는 담장을 타고 오르는 호박잎, 텃밭에서 따온 우엉잎과 깻잎을 가마솥 밥물이 자작자작 잦아들 때 쪄냈다. 밥에 푸르뎅뎅한 푸성귀 물이 배었다. 빡빡하게 끓인 된장과 간장양념장이 상에 올랐다. 부드러운 쌈밥 아침상이었다.

상추는 이른 봄부터 밥상에 올라 입맛을 돋우었다. 아버지는 담배 모종 기르는 비닐하우스 한편에 상추씨를 뿌렸다. 들판에는 싹이 자라지 않았으나 비닐하우스 속에는 상추, 아욱 등 몇 가지 채소가 파릇파릇 자랐다. 어린싹일 때는 솎아서 고추장, 들기름을 넣고 비볐다. 손바닥만큼 자라면 쌈으로 먹고, 양념장을 끼얹어 무침으로도 먹었다.

점심에는 주로 상추쌈을 즐겼다. 식은 밥과 상추 한 소쿠리만 있으면 한 끼 반찬으로 거뜬했다. 양념을 넣은 쌈장도 좋으나 장독에서 막 퍼온 생된장을 곁들여도 짭짤한 맛이 일품이다. 간혹 돼지고기가 상에 오르면 상추쌈은 주가가 오른다. 상추에 깻잎 곁들이고, 실파 한 줄기 얹고 돼지고기 한 점 올린 후 양념장과 마늘·고추 한 조각씩 올린다. 아앙, 입을 최대한 크게 벌린다. 눈까지 커진다. 볼이 불룩거린다.

쌈이 입 안에 꽉 차면 제대로 씹을 수 없을 정도이다. 그렇다고 쌈을 조그맣게 쌀 수는 없다. 구색은 갖춰야 할 게 아닌가. 어른들은 상추쌈이 크면 먹을 때 볼썽사나우니 조심하라고 당부했다. 먹는 모습은 흉하지만 물리치지 못하는 쌈밥이다. 그만큼 쌈은 우리 밥상에서 중요한 자리를 차지한다.

상추에 대한 기록은 무수하다. 이집트 벽화에 상추가 그려져 있고, 중국의 고서古書에도 고려에서 가져온 상추 씨앗은 천금을 주어야만 얻을 수 있다고 하여 '천금채'라 불렸다. 중국을 거쳐서 우리나라에 들어온 상추가 역수출되었던 것이다. 당나라 때의 『천금식치』에는 '상추가 정력을 더해준다[益精力]', 명나라 때의 『본초강목』에도 상추는 생식능력과 관계가 있다고 하였다. 이집트 신화에도 생식의 신에게 바치는 제물이 상추였다. 우리나라 민간에서도 상추 줄기에서 나오는 우윳빛 진액을 생식능력에 결부시켰다. 고추밭 이랑 사이에 심은 상추는 효과가 더 크다고 했다는데 믿거나 말거나이다.

상추 줄기에서 나오는 액체에는 락투세린·락투신 등이
들어 있어 진통 또는 최면 효과가 있다. 상추 먹고 졸
음이 쏟아지는 것은 이 때문이다. 상추는 찬 성질을 가
진 식품이다. 지나치게 많이 먹으면 몸이 냉해질 수 있
다. 수유하는 산모가 상추를 먹으면 아기가 푸른 변을
볼 수 있으니 주의한다.

'집집마다 상추를 심는 것은 쌈을 먹기 위한 것' 이라는 기록을 보며 상추쌈을 마련한다. 예전 엄마가 그러했듯이 나 역시도 풋고추 다지고 멸치 손질하여 고추다대기를 만들었다. 쌈장도 준비했다. 양배추와 케일도 쪘다. 우리 집 주방에서는 내가 요리사고, 내가 원하는 음식을 차리고, 내가 왕처럼 먹으면 된다.

　'눈칫밥 먹는 주제에 상추쌈까지 먹는다' 라는 속담이 있다. 슬금슬금 눈치 봐가면서도 입을 크게 벌려 쌈을 먹으니 그 모습이 얼마나 얄미울꼬. 쌈이 크면 먹을 때 볼성사납다는 엄니 말씀이 떠올라 피식 웃음이 난다.

그리운 어머니, 원추리

까슬한 봄바람에 어머니가 데쳐서 무쳐주던 다디단 나물

　　　　　　　며칠 집을 비운 사이에 봄 손님이 오셨다. 마당 가에 원추리가 뾰족뾰족 올라온 것이다.

　춘삼월 이맘때, 겨우내 기지개 켜며 제일 먼저 눈을 뜨는 게 원추리이다. 원추리는 논두렁이나 개울가 등 습지가 있는 곳에 터를 잡아 순을 올린다. 연둣빛 어린 순의 뿌리 쪽으로 칼집을 깊게 넣어 들어 올리면 이파리 아랫부분 속살이 하야니 노르스름하게 따라 나온다. 간혹 난초 종류가 아니냐고 하는데 백합과 식물이다.

　조선의 농업서적 『산림경제山林經濟』에는 '원추리' 또는 '업나믈'이라 기록되었고, 『훈몽자회訓蒙字會』에는 '넘나믈'이라고 하였다. 아마 잎이 넓어서 넘나믈이라는 별칭이 붙었지 않았을까. 원추리 이름의 유래는 '근심을 잊게 하는 식물'이라는 '훤초萱草'에서 기원했을 가능성이 크다. 훤초→원초→원추로 그 유래를 두고 있다.

당 태종 이세민의 어머니는 집 뜰에 '훤초萱草'를 가득 심어 '훤당萱堂'이라 하였다. 어머니를 높여 부를 때 '훤당'이라 하는데, '훤'은 원추리를 뜻한다. 원추리를 보면서 무더운 여름에 쌓이는 시름을 잊을 수 있다고 해서 '망우초忘憂草', 지난해의 마른 잎이 새순이 나올 때까지 남아, 마치 어린 자식을 보호하는 어미와 같다 하여 '모애초母愛草, 모예초毛蘂草' 등으로 불린다.

원추리를 우리말로는 '근심풀이풀'이라고 한다. 마음을 안정시키고, 우울증을 치료하는 약초로 알려져 있다. 사람과 헤어질 때는 작약을 선물하고, 먼 곳에 가는 사람을 빨리 돌아오게 하고 싶을 때는 당귀를 선물하며, 근심을 잊으라고 원초를 선물한다는 풍습이 있었다. 당나라 현종이 양귀비와 함께 모란꽃을 즐기다가 '오직 원추리는 근심을 잊게 하고 모란꽃은 술을 더욱 잘 깨게 한다'라는 시를 읊었을 정도였다.

옛날, 형제가 한꺼번에 부모를 여의었다. 형은 슬픔을 잊기 위해 부모님 무덤가에 원추리를 심었고, 동생은 부모님을 잊지 않으려고 난초를 심었다. 형은 슬픔을 잊고 열심히 일했지만, 동생은 슬픔이 더욱 깊어져서 병이 되었다. 어느 날 동생 꿈에 부모님이 나타나 말했다. "사람은 슬픔을 잊을 줄도 알아야 하느니라. 너도 원추리를 심고 우리를 잊어다오." 동생도 부모님

무덤가에 원추리를 심고 슬픔을 잊었다고 한다.

원추리는 성질이 서늘하고 맛이 달다. 산야초는 대개 독특한 향과 쌉싸래한 맛을 가지고 있는데, 원추리는 별다른 향이 없다. 반면 씹을수록 단맛이 난다. 원추리는 생으로 먹지 말고 데쳐서 먹어야 자체 독성을 제거할 수 있다.

겨울이 가는지 봄이 오는지도 모른 채 한동안 정신을 놓고 지냈다. 편찮으신 어머니를 뵈러 시골로 달렸고, 병원에 모셔두고 마음 아파했다. 병원에서 열하루를 보낸 어머니는 떠나셨다. 조부모님과 아버지까지 다 모시고 가겠노라며, 파묘하여 화장해서 같이 흙으로 보내 달라고 하셨다. 고운 가루가 된 엄마의 흔적은 따뜻했다. 눈물로 얼룩진 하늘을 보았다. 하늘빛은 푸르다 못해 시리고 아렸다. 햇살이 날개처럼 활짝 펼쳐진 하늘길을 따라 어머니는 훨훨 떠나셨다.

삶터로 돌아온 날, 마당 가에 원추리 새순이 쏙쏙 올라오고 있었다. 어린 날, 종다래끼 들고 양지바른 구시벌 봇도랑 가에서 원추리를 뜯었다. 원추리는 금세 종다래끼를 채웠다. 봄바람이 까슬했으나 어머니가 데쳐서 무쳐준 그 다디단 나물이 저녁 밥상에 올라오는 게 좋았다. 장과 기름을 넣어 조물거리면 한 접시 반찬이 차려졌다.

예전에 보이지 않던 마른 풀, 모애초母愛草는 시들어서 말라비틀어지면서까지 어린 자식을 보듬고 있었다. 지난 여름철에 집들이 오시어 "꼬마를 산속에 두고 가니 마음이 편치 않다."
던 어머니. 도시를 마다하고 산속으로 이사 온 막내딸이 눈에
밟혀서 얼마나 가슴 저렸을까. "엄마, 후제 만나요."

눈시울을 뜨겁게 하는 쪽파
삼월 꽃샘바람에 시린 손길로 다독였을 파 뿌리

여든여섯 연세인 엄마, 겨우내 땅심 먹고 움튼 파를 뽑아 포대에 담아놓았다. 꼬부랑 엄마, 쪽파 한 자루 만드느라 보행보조차 밀고 구시벌 언덕배기를 얼마나 오르내리셨을까. 길가에 보행기 밀쳐두고 엉금엉금 기듯이 오른 밭에서 버르적거리며 거뒀을 쪽파. 한 단 사서 먹으면 되니 농사 짓지 말라고 해도 "시골 채소 맛하고 도시 채소 맛은 다르다."며 강파르게 손을 내젓는다. 자식이 뭐길래 당신 손수 지은 먹을거리로 배를 채워주려고 저러시는 걸까.

울 엄마, 꼿꼿하던 허리 'ㄱ' 자 되었고, 당차던 목소리도 시나브로 꺾였다. 유년의 엄마는 곡식 자루 머리에 이고 오일장으로 떠났다. 하마나 올까, 노루처럼 목 빼어 기다린다. 신작로 저 멀리서 흙먼지 뭉게뭉게 피어나면 버스정류장으로 뛰어갔다. 완행버스 꼬랑지에 화르르 매달려 온 먼지도 반가웠다. 그

날의 강철 같던 엄마는 기억 속에 자리하고, 사랑채 호호 할머니가 막내딸을 바라본다. 그때 그 나이의 엄마보다 더 나이 먹은 막내딸을.

하룻밤 빼꼼 얼굴만 내보이고 돌아오는 딸을 찻길 구불텅 휘돌아 갈 때까지 배웅하는, 점점점… 작아지는 엄마.

열무 삼십 단을 이고

시장에 간 우리 엄마

안 오시네. 해는 시든 지 오래

- 중략 -

지금도 내 눈시울을 뜨겁게 하는

그 시절, 내 유년의 윗목

- 기형도의 시 「엄마 걱정」 일부

쪽파를 다듬었다. 떡잎인들 버리랴. 울 엄마, 삼월 꽃샘바람에 시린 손길로 다독였을 파 뿌리를 내 손길 덧대어 다듬는다.

쪽파를 무친다. 간장, 고춧가루, 설탕, 식초, 깨소금 넣어 사붓사붓 뒤적인다. 파에 들어있는 알리신 성분은 돼지고기에 풍부한 비타민 B1의 흡수를 도와준다. 수육과 곁들이니 그만이다.

밀가루에 소금으로 간하여 훌훌하게 개어서 부침개 만든다. 오징어 썰어 넣고 달걀 풀어 살살 뿌린다. 쪽파에 해산물을 곁들이면 영양적 면에서 우수하고 감칠맛이 난다. 단, 미역은 예외이다. 파에 들어있는 인 성분이 미역의 칼슘 흡수를 방해한다.

『동의보감』에 '쪽파는 성질이 따뜻하여 비장과 신장을 좋게 하며 기운을 북돋워 피로를 이기게 한다'라고 나와 있다. 쪽파는 비타민을 많이 함유하고 따뜻한 성질을 가지고 있어 감기를 예방하고, 독특한 향기 성분은 살균력이 있어 인체 면역력 강화, 기타 여러 성인병 예방에도 도움을 준다.

쪽파 다듬다 눈시울 뜨겁다. 나이 드신 엄마가 애달파서 그러는 거냐고? 아니야. 파가 매워서 그런 거야.

고향의 맛, 더덕산적

더덕은 향기로 자신을 알린다

　　　　미당 선생은 '스물세 해 동안 나를 키운
건 팔할八割이 바람'이라고 했다. 내게도 유년을 키워주고, 지
금까지 마음을 넉넉하게 채워주는 자양분이 있으니 바로 고향
산천에 대한 기억이다.

바라보고 둘러봐도 첩첩이 포개진 산, 올려다보면 파란 하
늘, 산촌의 화원은 신비한 보물찾기 놀이터였다. 집 앞에는 개
울, 개울 건너면 논과 밭, 몇 뙈기밭을 지나면 바로 산이었다.
개울 둔덕과 산어귀에는 먹을거리가 많았다. 뿌리를 캐든, 꽃
과 줄기를 꺾든, 열매채취 하든, 모든 행위는 놀이의 연장이었
다. 어른들을 통해 식물 이름을 알아갔다. 노루오줌풀, 홀아비
꽃대, 까치수염, 족두리풀, 개불알꽃, 금낭화…. 소가 먹는 풀
은 이롭고, 먹지 않는 풀은 해롭다는 것을 누누이 들었다.

이쁘지 않은 꽃이 있으랴만, 개중 더덕꽃이 눈길을 당긴다.

덩굴에 조롱조롱 주머니 모양으로 매달린 꽃망울, 바깥쪽으로 살짝 말아 올린 다섯 갈래의 연녹색 꽃잎이 앙증스럽다. 종 모양의 통꽃(합판화合瓣花)을 들여다보면 자갈색의 속살이 자연의 색깔을 그대로 옮겨온 듯하다.

더덕은 향기로 자신을 알린다. 바람 한 줄기가 코끝을 간질이고 지날 때 눈 밝게 뜨고, 코 평수를 넓힌다. 바람이 안내하는 데로 따라가다 보면 더덕이 울리는 종소리, 마음속 깊이 퍼지는 푸른 종소리를 만난다.

숲속에서 캔 뿌리 식물은 즉석 간식이었다. 노두의 아랫부분에서 가로로 돌려 까기를 해야 허실이 적다. 손톱 밑에 진액이 묻어 찐득거리고 까매지지만 그게 대수랴. 도라지는 아려서 먹기가 거북했으나 더덕이나 잔대는 무난했다. 북어처럼 세로로 쪽쪽 찢어 먹으면 쌉싸름한 듯하면서도 달큼한 맛이 났다.

한방에서는 인삼人蔘, 현삼玄蔘, 고삼苦蔘, 단삼丹蔘, 사삼沙蔘의 다섯 가지를 모양이 비슷하고 약효도 비슷하다 하여 오삼五蔘으로 칭한다. 초롱꽃과에 속하는 잔대 뿌리를 사삼이라 하고, 또 일부에서는 더덕을 사삼·사엽삼四葉蔘이라고 한다.

베란다 화분에 더덕을 심었다. 늘어뜨린 줄을 잡고 사박사박 오르는 품새가 줄타기 선수 같다. 덩굴식물은 붙잡을 무언가를 의지하며 오른다. 왼쪽으로 감는 덩굴, 오른쪽으로 감는 덩굴이 있는데 대부분 식물은 오른손잡이처럼 오른다. 그런데 그중에서도 양손잡이가 있으니 바로 더덕이 그러하다.

　예전에 어머니는 고추장 양념으로 더덕무침을 해주었다. 더덕 요리에 고추장을 사용하는 것은 찬 성질에 뜨거운 성질을 넣어 조화를 맞춰주는 것이다. 잔뿌리가 많은 것은 말렸다가 물을 끓였다. 대추를 넣어서 끓이면 차로써 손색이 없다. 감기 기운이 있을 때는 생강을 넣어 끓이면 그만이다. 굵은 더덕은 담금주를 했다. '장가를 두 번 가는 것보다 더덕주 한 잔이 더 좋다'는 옛말이 있을 정도로 더덕은 알코올 성분을 만나면 효능이 높아진다니 참고할 만하다.

　더덕을 꼬치에 꿰어 산적을 만들었다. 찬 성질을 완화하기 위해 쇠고기와 새송이를 부재료로 준비했다. 더덕은 기름장에 재우고 쇠고기는 밑간했다. 자투리 더덕을 썰어 탁주에 띄웠다. 으음, 고향의 맛이다.

더덕은 폐 기능에 좋은 식품이다. 기 흐름의 정체를 막
아주는 효과가 있다. 반면 찬 성질을 가졌기에 설사하
거나 소화가 잘 안 될 때는 주의한다. 벌레에 물렸을
때, 종기가 생겼을 때 바르면 상처를 완화하는 작용을
한다.

짭조름한 간식, 부각
늦가을 햇살이 만든 요긴하고 특별한 반찬

어머니는 늦가을 햇살이 아까워 동동걸음을 치셨다. 예전에 식품 건조기가 있는 것도 아니고 보관할 냉장고가 있었던 것도 아니다. 어머니는 농삿거리 마무리하는 틈틈이 무청을 엮어 시래기로, 호박은 썰어서 고지로, 무는 썰어서 무말랭이를 만들었다. 그뿐만 아니었다. 사랑채 가마솥에 채반을 걸고 아궁이에 장작을 지폈다. 끝물 고추에 밀가루를 묻혀 쪄내어 볕 바른 곳에 싸리나무 발을 펼쳐놓고 널었다. 며칠 바싹하게 마른 부각용 고추는 돌가루 포대 속으로 들어갔다.

손님이 오거나, 마땅한 찬거리가 없을 때 부각은 요긴하고 특별한 반찬이 되었다. 또한 기름에 튀긴 부각은 마땅한 주전부리가 없던 산골 아이에겐 짭조름한 간식거리였다. 아작아작 씹어 먹다가 가끔은 매운 고추를 씹어 눈물이 쏙 빠지고 입술이 퉁퉁 부풀어 올라 식겁한 적도 있었다. 그러나 결코 포기할 수 없는 묘한 맛이었다.

해마다 어머니는 부각을 만들어 자식들에게 나눠주었다. 그러나 이제는 연로하신 탓에 찬거리에서 손을 뗀 지 여러 해가 지났다. 늦가을이 되면 나도 왠지 부산해진다. 다른 일 하던 손 멈추고 부랴사랴 손을 놀린다. 엄마가 그러했듯이 나 역시 깻잎, 고추 등을 준비해 부각용 찬거리를 준비한다. 어릴 적부터 먹었던 '촌' 음식은 '촌스러운' 입맛을 깨우며 향수에 젖게 한다. 겨우살이 찬거리 장만에 마음은 들뜨고 손장단이 흥겹다.

가스 불 위에 찜솥을 올려 끝물 고추를 찐다. 지난해까지만 해도 베란다 밖으로 망을 늘어뜨려 고추를 말렸으나 가정용 식품 건조기를 장만했더니 일거리가 반으로 줄어들었다. 건조기가 없을 때는 날이 궂으면 그야말로 초긴장 상태였다. 자칫하면 식재료가 상해서 버려야 하는 경우가 더러 있었다. 그러나 건조기가 생겨 건조 과정이 쉽다 보니 웬걸, 일거리가 줄어들었다고 부렸던 허세가 헛것이 되어버렸다. 이것저것 더 장만하고 싶은 욕심이 생겨 손이 더 바쁘다.

끝물 고추는 밀가루를 묻혀 쪄내어 말리고, 깻잎과 부추, 들깨꼬투리는 찹쌀풀을 쑤어 일일이 풀물을 발라서 말린다. 말린 재료는 비닐봉지에 봉해서 보관한다. 가끔 향수에 젖으면 부각 반찬을 만든다. 재료를 기름에 튀겨내면 완성이다. 튀긴 기름

식재료에 옷을 입혀 말려서 튀기면 '부각'이 되고, 옷을 입히지 않고 말린 식재료를 튀기면 '튀각'이 된다. 부각용 재료 만들기가 힘들면 마트나 로컬푸드 매장에서 구매할 수 있다. 팬을 달구어 기름을 넉넉하게 두른다. 재료를 살짝살짝 뒤적여가며 빨리 볶아낸다. 볶은 재료에 맛소금과 깨소금을 뿌린다.

을 처리하기가 고민이라면 다른 방법을 추천한다. 팬에 기름을 넉넉하게 두른 후 덮어내듯 볶으면 된다. 단, 빨리 볶아야 하므로 양을 적절히 조절해야 한다. 볶은 재료에 소금을 살짝 뿌리면서 간단하게 요리를 마친다. 두어 끼니 식탁에 올랐던 고추부각이 싫증 나거나, 매운맛이 강해 먹기가 주저된다면 간장 약간과 조청을 넣어 만든 양념장을 부어 졸이면 된다. 색다른 맛을 느낄 수 있을 것이다.

겨울철 간식 군고구마
겉은 숯처럼 까맣게 탔으나 속살은 노란

　　　　　　줄밤다리 황토밭에서 캐온 고구마가 마당에 그득했다. 아버지는 지게를 지고 산비탈 돌밭을 십여 차례나 오르내리셨다. 바지게에 고구마를 가득 담고, 그 위에 고구마 줄기를 덮어서 비탈진 산길을 조심조심 내려오셨다. 갓 캐온 고구마는 일단 할머니의 손길을 거쳐 갔다. 마당에서 흙을 털어야 하고 습기도 말려야 했다. 고구마는 크기별로 구분했다. 호미에 찍힌 것이나 자잘한 것은 따로 보관하였다. 소여물에 넣기도 하고 돼지죽 끓이는 데 사용했다.

　안방과 사랑방 윗목에 수숫대로 엮은 발을 두른 커다란 둥우리를 만들고 그 안에 고구마를 쟁였다. 고구마는 얼면 색이 거뭇하고 단단해져서 삶아도 익지 않는다. 반드시 실온에 보관해야 하는 이유이다. 고구마는 천장에 닿을 정도로 가득했다. 겨우내 먹을 고구마가 방 윗목을 차지하고, 우리는 아랫목을 차지하며 한방에서 기거했다.

아버지는 쇠죽 솥 아궁이의 장작불이 잦아들면 고구마를 구워주었다. 겉은 숯처럼 까맣게 탔으나 속살은 노란 군고구마, 입술에 숯검정을 묻혀가며 달게 먹었다. 할머니는 긴긴 겨울밤 옛날이야기 두어 자락을 마치면 화롯불에 묻어둔 고구마 껍질을 까주었다. 고구마를 잿불에 묻어두면 서서히 전분 분해효소 작용을 일으켜 단맛이 증가한다.

엄마는 저녁마다 고구마를 삶아 함지박에 담아 방문 앞에 갖다 두었다. 새벽에 눈 뜨자마자 문밖의 함지박을 들여놓고 아랫목에 모여앉아 고구마를 먹었다. 반짇고리를 앞에 두고 바느질을 하던 엄마는 동치미 국물을 떠다 주었다. 얼음이 서린 동치미 국물을 후후 불어가며 마셨다. 밤새 영하의 기온으로 차가워진 고구마와 얼음이 둥둥 뜬 동치미 국물을 마시고도 감기를 모르고 자랐다.

줄밤다리 밭에서 캐온 고구마는 달콤했다. 다른 집에는 대체로 밤고구마였지만 우리 집 고구마는 물기 많은 물고구마였다. 낮이고 밤이고 고구마를 그렇게 먹었건만 어떻게 질리지도 않았을까. 겨울 한 철이 지나면 그 많던 고구마도 동이 났다. 알 굵은 고구마 한 소쿠리는 따로 보관하여 아버지 손을 거쳤다. 사랑방 윗목에 송판으로 경계를 지어 비닐을 깔고, 부드러운 모래로 채운 후 고구마를 얕게 묻었다. 아버지는 고구마 싹을 틔워 또 한 해 농사 준비를 했다.

　고구마는 일본을 통해 들어왔다고 전한다. 1763년 통신사에 의해 대마도에서 종자를 얻어와 재배했으며 일본말 '고귀위마古貴爲麻'에서 유래되어 '고구마'로 부르고 있다. 흉년과 전쟁으로 먹을 것이 귀하던 때에 고구마는 구황작물이었다. 지금은 먹을 것이 풍부하지만, 그런데도 여전히 고구마를 간식과 건강식으로 이용한다. 고구마는 식이섬유가 많아 다이어트에 좋을 뿐만 아니라, 종류에 따라 영양가와 효능을 발휘한다. 밤고구마는 칼륨이 많아 혈압 조절에 좋고, 호박고구마는 베타카로틴 성분이 있어 항암 효과가 있으며 자색 고구마는 노화 억제물질을 함유하고 있다니 참으로 고마운 식품이 아닌가. 껍질째 먹어야 그 효능이 더 좋다고 한다. 요리할 때 염두에 두면 좋을 것이다.

　오븐에 고구마를 구웠다. 200도 온도에 45분 정도 구우면 군고구마가 된다. 고구마 개수에 따라 시간이 가감될 수도 있다. 양면뚜껑 팬에 구워도 약한 불로 45분 정도는 두어야 한다. 예전처럼 숯불에 구운 것은 아니지만 껍질이 까끗한 것을 보니 제법 군고구마 티를 낸다. 물김치 한 보시기를 곁들였다. 어릴 적 고구마를 한입 베어 물고 동치미 국물 쭉 들이켜면 달큼하면서도 시원 짭짤했다. 딱 그 맛이라고는 단정 짓지는 못해도 비슷한 맛을 낸다.

할머니와 아버지는 줄밤다리 맞은편 구시벌 언덕에 집을 들여 계시지만, 나는 아직도 고구마를 앞에 두면 고향 집을 마주한 양 정겨워진다.

고구마는 섬유질이 많아 변비에 좋고 혈청 콜레스테롤을 감소시킨다. 위장에 머무르는 시간이 길어 공복감을 그다지 느끼지 않으므로 다이어트에 좋은 식품이다. 그러나 당뇨가 있는 분은 고구마를 주의해서 먹어야 한다. 고구마의 탄수화물이 당으로 바뀌어 혈당을 높이기 때문이다. 고구마를 먹었을 때 속이 더부룩한 것은 '아마이드' 성분이 있어서 가스가 발생하는 현상이다. 이럴 때는 무에 함유한 '디아스타아제' 성분이 소화 흡수를 도와준다. 고구마를 먹을 때 동치미를 먹는 것은 궁합이 맞기 때문이다.

이야기 따라 맛 따라

쫄깃한 꼬막

삶은 갯벌과도 같은 것, 질펀하면서도 끈적인다

벌교에 가서는 돈 자랑, 주먹 자랑을 하지 말라고 했다. 그리고 또 하나, 벌교의 자랑은 꼬막 음식이다. 조정래 소설 『태백산맥』은 광활하다. 소설에 나오는 음식 중에 벌교 꼬막을 더 감칠맛 나게 만든 인물이 있으니 염상구와 외서댁이다. 염 씨는 외서댁과 정분을 통하며 원초적 대사를 읊는다. 쫄깃한 꼬막 맛이라고 했다. 그러나 그것은 사랑이 아니었다. 염 씨의 완력이었다. 외서댁은 원수의 씨앗을 품게 되자 저수지로 뛰어들었다. 그러나 죽음마저도 뜻대로 되지 않았다. 이 무슨 삶의 장난이란 말인가, 외서댁은 결국 염 씨의 아들을 낳았다. 삶은 갯벌과도 같은 것, 질펀하면서도 끈적인다.

보성과 화순 등을 내륙과 직결시키는 포구가 벌교이다. 태백산맥문학관, 구례, 피아골, 순천만에 들른 후에는 꼬막정식을 먹으러 가는 게 의례 코스가 되었다. 꼬막은 여러 음식으로 탄생한다. 숙회, 무침, 부침, 찌개, 파스타에도 무난하게 어울린다.

꼬막은 늦가을부터 이듬해 2월까지가 가장 맛이 좋다. 서해와 남해 쪽 갯벌에 자생하는데 참꼬막, 새꼬막, 피꼬막으로 분류한다. '꼬막'은 우리말이다. 호남 사람들이 '고막'이라고 칭한다는 기록이 있다. '와룡자'라고도 하는데 이는 꼬막껍질이 부챗살 같은 기와지붕을 연상시키기 때문이다. 꼬막의 본초명은 '감蚶'이다. 꼬막은 발열식품으로 보기, 보혈의 효능이 있다. 오장을 통하게 하고 위를 튼튼하게 한다. 정약전의 『자산어보玆山魚譜』에 '살이 노랗고 맛이 달다'고 되어 있다. 꼬막은 양질의 단백질과 비타민, 필수아미노산이 풍부해 피로회복에 좋고, 철분과 각종 무기질은 빈혈에 도움을 준다.

꼬막은 다른 조개와 달리 패각에 털이 없어 '제사 꼬막'이라고 불린다. 전라도 지방에서는 제사상에 꼬막을 올린다. 임금님 수라상에도 8진미 중 1품으로 진상될 정도였다.

여행지에서 꼬막 음식을 먹을 때마다 궁금증이 일어난다. 조개는 삶으면 패각이 벌어지는데 벌교 꼬막은 삶아도 점잖이 입을 다물고 있다. 수저로 뒤태를 조준하여 알맹이를 끄집어내어 먹어야 한다. 주인장한테 꼬막 삶는 방법을 문의하면 꼬막 입 다물 듯 입을 봉한다. 미스터리이다. 나름 검색하고 궁리하다가 몇 년 만에 방법을 알아냈다. 삶아도 입을 다물고 있는 그 신기함에 희열을 느꼈다. 지방마다 꼬막음식 체인점이 있으나 벌교에서 먹는 맛만 하랴.

꼬막 음식을 만들면 탁주를 곁들인다. '주벅 든 년이 한 술 더 뜨고, 정지 파고드는 쥐가 더 기름기 도는 법', 작가의 입담에 고개를 끄덕인다. 나는 주걱을 들었으니까. 꼬막을 손질하고 음식을 만들어 상을 차린다. 삶은 꼬막을 분리하여 채소와 버무리면 꼬막숙회, 삶은 꼬막에 양념장을 끼얹으면 꼬막찜, 양념을 묽게 하여 재워두면 꼬막장, 양념 넣어 졸이면 꼬막졸임이 된다. 꼬막장이나 졸임으로 밥을 비벼먹으면 맛이 일품이다. 채소를 넣고 같이 버무려 찌짐을 붙여도 되고, 생꼬막을 잘 손질해서 국과 찌개에 넣어도 좋다.

꼬막 요리에 시원한 탁주 한 사발 곁들이면 세상 부러울 게 없다. 쫄깃한 꼬막을 씹으며 소설 속으로 들어간다.

꼬막은 오래 삶으면 질기다. 물이 끓으면 찬물을 섞은
후에 꼬막을 넣고 3분 이내에 삶아낸다. 꼬막 요리에
부추를 넣으면 스태미나식이 되고, 미나리를 넣으면 혈
관건강을 증진시킨다.

하늘나라에서 가져온 식물, 머위

꽃송이마다 별을 감은 봉두화蜂斗花

　　　　　꽃술에 별이 담겨있다지. 하얗고 작은 다
발이 서른 하고도 네댓 개가 뭉치고, 다시 포苞에 싸여 한 다발
이 한 송이가 된 꽃. 암꽃과 수꽃이 잘 구분되지 않는 두상 꽃차
례의 머위꽃을 눈이 아프도록 들여다보았다. 어디에 별이 숨어
있는 것일까.

　옛날 염라대왕의 살생부에 오기誤記가 발견되었다. 아무리
애를 써도 바로잡을 수 없어서 결국은 수판數板 잘하는 인간 세
상의 산 사람을 불렀다. 그는 몇 날 며칠 동안 수고한 끝에 살생
부를 바로잡을 수 있었다. 염라대왕이 감사 표시를 하겠노라고
하자 그는 하늘나라에서 맛있게 먹었던 식물의 씨앗을 달라고
했다. 지상에 내려온 식물은 하늘나라가 그리웠나 보다. 작은
송이마다 별을 품었다.

　그 귀한 꽃 속에서 별을 찾아내기가 쉬운 일은 아니었다. 아

154

직 활짝 피지 않아서 별이 뜨지 않았나 보다며 휴대전화를 들이대었다. 찍은 사진을 조심스럽게 확대했다. 별이다! 꽃 수술 속에 별이 반짝이고 있었다.

머위의 본초는 봉두채蜂斗菜, 꽃은 봉두화蜂斗花라고 한다. 봉蜂은 '무리', 두斗는 '많다', '크다'는 뜻이다. 꽃봉오리 수십 개가 합하여 많은 형태로 핀다는 것을 알 수 있다. 머위는 지방마다 '머우', '머구', '꼼치'로도 불린다.

매체나 기록물에 보면, 더러 머위를 관동화款冬花로 잘못 알고 있다. '관동款冬'은 꽁꽁 언 땅에서 싹을 틔우고 나왔다는 뜻의 '과동(顆凍)'에서 와전된 이름이다. 이는 머위가 아니다. 이파리는 머위와 비슷하나 꽃 모양 자체가 다르다. 꽃대 하나에 한 송이의 노란색 꽃을 피운다. 더욱이 우리나라에는 자생하지 않으며 식물원이나 관상용으로밖에 볼 수 없다.

머위의 맛과 성질은 쓰고, 맵고, 시원하다. 청열, 활혈 효능을 동시에 지닌 특별한 식재료이다. 『동의보감』에는 "성질이 따뜻하고 맛은 맵고 달며 독이 없다. 기침을 멎게 하고 폐결핵으로 피고름을 뱉는 걸 낫게 한다. 몸에 열이 나거나 답답한 증상을 없애고 허한 몸을 보해준다."라고 기록되었다.

머위에는 칼슘이 함유되어 골다공증에, 칼륨이 많아 중금속 제거와 혈압 조절에 좋다. 타박상과 눈 다래끼에 잎을 찧어 바르고, 생선 식중독, 천식과 기침에 잎과 줄기를 짠 즙을 마신

어린 머위는 생으로 먹기도 하지만, 소화기관이 약한
경우 소화 장애를 유발할 수 있으니 데쳐서 사용한다.

다. 특히 봉두화는 면역력을 높여준다고 한다. 장아찌를 담거나 무침, 튀김으로도 먹지만, 잘 말려두었다가 몸이 으슬으슬할 때 차로 마셔도 좋으리라.

양지 녘에 머위가 한창이다. 이파리를 따는 중에 꽃도 채취한다. 이파리로 장아찌를 담가도 되고, 살짝 데쳐서 무침과 쌈으로 먹어도 된다. 무침에 된장과 들기름을 사용하면 훨씬 맛있다. 약간 쓴맛이 있으면서 향이 독특한 토종 허브, 꽃 튀김은 그야말로 별식이다. 쓴맛이 나는 채소를 소금으로 간하면 더 쓴맛이 나니까 주의, 또한 머위 본래의 맛을 느끼려면 파와 마늘을 넣지 않는 게 좋다.

머위를 보니 그의 꽃말이 박힌다. 사랑이니, 행복이니, 그리움이니 하는 진부하고 달콤한 의미가 아니다. 하늘나라 식물이라 그런가, 무던하고 강하게 '공평'이란다. '공평정론公平正論을 거역하면 평생토록 수치를 당하게 된다' 라는 옛말이 있다. 세월이 하 수상하여 머위꽃을 보며 '공평'을 논해 본다.

겨울철 생선 도루묵

맛있어서 은어, 싫증나서 도로묵

　　겨울철 생선 도루묵, 크기는 작으나 맛이 담백하다. 몇 해 전에 옆 아파트에 사는 김 모 작가가 도루묵을 선물 받았다며 우리 집으로 가져왔다. 양이 많아 아파트 베란다에서 며칠 꾸들하게 말려 지인들께도 나눔했다. 도루묵으로 찌개, 구이, 조림하여 질리도록 먹었다. 그 후로 도루묵에는 눈길조차 주지 않았다.

　　우리는 흔히 도루묵의 어원을 선조 임금과 결합한다. 임금은 피란지에서 맛있게 먹은 물고기 '묵'에게 '은어銀魚'라는 이름을 하사했다. 후에 '은어'가 생각나서 다시 먹어 보았더니 옛날의 그 맛이 아니어서 '도로 묵'이라고 불렀다는 얘기다.

　　도루묵은 동해에서 잡히는 생선이다. 선조의 피란길에는 도루묵을 먹을 가능성이 없었다고 전한다. 허균의 전국팔도 식품과 명산지에 관해 엮는 『도문대작』에 '은어'가 나온다. "동해에서 나는 생선으로 처음에는 이름이 '목어木魚'였는데 전 왕조에 이 생선을 좋아하는 임금이 있어 이름을 '은어'라고 고쳤다가 너무 많이 먹어 싫증이 나자 다시 목어라고 고쳐 '환목어還木魚'라고 했다."

조선 시대 이의봉이 편찬한 『고금석림』에 따르면 "고려의 왕이 동천東遷하였을 때 목어를 드신 뒤 맛이 있다 하여 은어로 고쳐 부르라고 하였다. 환도 후 그 맛이 그리워 다시 먹었을 때 맛이 없어 다시 목어로 바꾸라 하여, 도로목[還木]이 되었다."고 기록되어 있다. 한자어 '환목어'를 우리말로 풀이한 것이 바로 '도루묵'이며, 기록을 살펴볼 때 도루묵 이야기는 고려 때의 왕과 연결해야 한다.

그런데 왜 도루묵은 선조 임금 옆에 끼여서 희생물이 되었을까. 선조 임금은 피란을 떠난 것도 부족해 망명까지 시도하였다. 전란에 시달린 백성들은 임금에 대해 원망을 했을 것이다. 정확한 까닭은 알 수 없으나 궁을 떠났다가 '되돌아온' 왕을 애꿎게 도루묵 이야기와 연결 지은 것이 아닐까 추정한다.

도루묵은 크기가 작다는 것 외에 남들에게 오명을 쓸 만큼 맛없는 생선은 아니다. '말짱 도루묵'이라는 손가락질을 받으며 입때껏 견디어왔다. 이제는 억울한 오명을 벗겨주어야 한다.

인조 때의 문신 이식은 「환목어還目魚」라는 시를 썼다.

목어라 부르는 물고기가 있었는데

해산물 가운데서 품질이 낮은 거라.

번지르르 기름진 고기도 아닌 데다

그 모양새도 볼 만한 게 없었다네.

-중략-

잘나고 못난 것이 자기와는 상관없고

귀하고 천한 것은 때에 따라 달라지지.

이름은 그저 겉치레에 불과한 것

버림을 받은 것이 그대 탓이 아니라네.

넓고 넓은 저 푸른 바다 깊은 곳에

유유자적하는 것이 그대 모습 아니겠나.

겨울은 도루묵 철이다. 제철 음식이 몸에 좋다는 것은 두말하면 잔소리다. 도루묵은 맛있어서 수라상에 올랐고, 맛있어서 '은어'라는 이름을 얻었다. 이로써 맛은 증명된 셈이다.

모처럼 도루묵을 구입했다. 명태살보다 졸깃한 식감이 다시금 그리워진다. 생선에 미리 소금을 뿌렸다가 두어 번 헹궈내면 미끈거리는 점액질을 제거할 수 있다. 도루묵은 살이 연해 오래 끓이면 부스러진다. 찌개 국물을 한소끔 끓인 후에 도루묵을 넣는다. 도루묵구이는 비리지 않아 이 또한 별미이다.

『동의보감』에 '도루묵(은조어)은 속을 편안하게 하고
위를 보하며, 생강과 함께 죽을 쑤어 먹으면 좋다'고
기록되어 있다. 도루묵에는 다른 생선류보다 단백질과
무기질이 상대적으로 많이 함유되어 있다. 특히 인이
들어있어 성장기 아이가 먹으면 치아나 뼈 형성에 도움
이 된다.

식물성 해조류 매생이
미운 사위 매생잇국 준다

'미운 사위 매생잇국 준다' 는 속담은 고 릿적 이야기다. 매생이 효능은 탁월해서 '미쁜 사위에게 매생 잇국 준다' 고 해야 어울린다.

매생이는 알칼리성 식품으로 칼슘과 철분, 단백질 등의 함량 이 높다. 엽록소와 식이섬유가 풍부하여 성인병 예방과 숙취에 도 탁월한 효과를 보인다. 다양한 영양분을 갖추고 있어 유명 세를 타고 있는 식물성 해조류가 매생이인 것이다. 매생잇국을 한 수저 뜨면 청정 바다의 향기를 진하게 느낄 수 있다. 이런 좋 은 음식을 미운 사위에게 줄 리가 없다.

'매생이' 는 '생생한 이끼를 바로 뜯는다' 라는 순수한 우리 말이다. 남해안 청정지역에서만 채취할 수 있으며, 열에 약하 고 약간의 오염물질만 닿아도 녹아버리는 성질 역시도 순수한 식재료임을 보여준다. 정약전의 『자산어보』에는 "누에실보다

가늘고 쇠털보다 촘촘하며 길이가 수척에 이른다. 국을 끓이면 연하고 부드럽다. 서로 엉키면 풀어지지 않고 맛은 달고 향기롭다.”고 기록되어 있다.

김은 건조시켜 상품화하지만, 매생이는 한데 뭉친 ‘재기(덩이)’로 상품화하는 게 일반적이다. 제철인 11월에서 3월까지 채취한 재기 매생이를 구입해 냉동보관해서 먹는 것이 효율적이다. 한때는 김 양식에 매생이가 섞여 있으면 달갑잖게 여겼다. 하지만 매생이의 효능이 알려지면서 이제는 김이 붙지 않도록 주의하고 있다니 역지사지를 생각게 한다.

예전에는 바다에 나가 배 난간에 매달려 매생이를 수확했다. 일렁이는 파도와 싸우며 난간에 가슴을 맞대고 작업을 한 것이다. 그래서 매생이 판 돈은 ‘가슴 아픈 돈’이라 불리었다. 어부들은 작업을 마치고 돌아올 때 매생이를 한 움큼 훑어 와서 국으로 끓여먹었다. 이것이 매생잇국의 시초라고 전한다.

매생이는 맛이 달고 성질은 부드럽다. 매생이는 물 속 열에 쉽게 녹기 때문에 요리 시에는 국물이 끓기 시작하면 넣어준다. 매생이는 입자가 촘촘해서 뜨거워도 김이 나지 않아 언뜻 보아서는 뜨거움을 느낄 수가 없다. 섣불리 한 수저 입에 넣었다가는 입천장이 데여 곤혹을 치른다. ‘미운 사위 매생잇국 준다’는 속담이 생겨난 이유이기도 하다.

매생이는 여러 요리에 다양하게 접목할 수 있다. 국을 끓일 때는 타우린이 풍부한 굴을 넣어주면 궁합이 잘 맞는다. 칼국수, 떡국, 냉면, 죽 등 국물 요리에 좋으며, 전과 계란말이, 스파게티에도 응용하고 있다. 단, 매생이는 유기산에 약하기 때문에 다른 해조류처럼 식초를 넣어 무쳐먹지 않는다.

　장모가 매생잇국을 끓여줄 때는 사위는 필히 귀를 열어볼 일이다. "뜨거우니까 천천히 드시게." 한다면 충분히 사랑받고 있는 반증이다. 혹여 장모가 아무런 언급을 하지 않았다고 해도 서운해하지는 말지어다. 이렇게 좋은 매생잇국을 차려주는 것만으로도 대접받고 있는 것이니까.

매생이는 상온에 두면 녹아버린다. 한 번 먹을 만큼씩 손질해 냉동 보관하여 사용한다. 매생이는 요리에 쉽게 응용할 수 있다. 기존 음식 만들 때 마지막 단계에서 넣어주면 된다. 순수한 매생이 맛과 향기를 느끼고 싶으면 마늘이나 파 등 자극적인 재료를 넣지 않는 게 좋다.

붉은 마음을 전하는 홍시
품어가 반길 이 없을 새 글로 설워하나이다

　　　　　한 남자가 감나무 묘목을 심었다. 10여 년이 되자 나무는 제법 굵어졌다. 열매 맛이 다른 데 비해 차지다고 했다. 그러나 그의 아내는 탐탁지 않았다. 감나무가 지천인 고장에서 태어나고 자랐기에 감나무 열매를 즐기지 않았다.

　여자는 감나무가 자라는 터에 움막을 짓기로 했다. 감나무를 어떡한다, 눈치 빠른 일꾼은 감나무 네 그루를 중장비기사한테 팔아버렸다. 나무 심은 이와 그의 아내가 없을 때 잽싸게 처리해 버린 것이다. 그런데 정작 나무가 없으니 왜 이리 서운할까. 나무에 단풍 들면 눈이 즐거웠고, 붉은 열매를 지인들한테 나눔했었는데.

　남자는 감을 따서 곶감을 만들겠다고 했었다. 겨우내 간식으로 먹겠다는 야무진 소망을 품었다. 남자는 감나무가 사라진 행한 빈터를 바라보며 쓸쓸하게 서 있었다. 여자는 남자에게

미안했다. 남자의 마음속을 좀 더 깊이 바라보지 못한 것이다.

옛사람은 감나무를 칭송했다. 감나무에는 새가 집을 짓지 아니하고, 벌레가 생기지 않는다. 수명이 길고, 시원한 그늘을 만들어주며, 단풍이 아름답다. 낙엽은 좋은 거름이 되고, 열매는 맛이 뛰어나다는 것이다. 감은 황금빛 옷 속에 신선이 마시는 단물이 들어있다고 해서 '금의옥액金衣玉液'이라고 불렸다.

『삼국유사』「신주」편 '감호이적感虎異蹟'에 '동지섣달에 홍시 구한 효자' 이야기가 나온다. 병든 어머니가 홍시를 먹고 싶다고 하자 효자는 집을 나선다. 이에 감응한 호랑이가 효자를 등에 태워 어느 부잣집에 데려다주었다. 마침 제사 지내는 날이라서 홍시가 있었다. 사정을 얘기하자 주인은 홍시를 주었고, 어머니는 홍시를 먹고 병이 나았다는 설화이다. 홍시는 치아가 부실한 어른들이 드시기에 그만이다. 단물이 그득하고 소화도 잘된다. 홍시는 효도하는 과일이 분명하다.

또한, 홍시는 배려하는 과일이다. 나뭇가지에 몇 개 남겨놓은 까치밥은 산새들의 겨울나기를 걱정하는 마음이었다. 옛사람들은 상대에게 이해받기보다, 상대를 이해하려고 노력했다. 그것이 더불어 살아가는 미덕이었기에 미물들의 굶주림까지 염려했던 것이다.

노계蘆溪 박인로가 한음漢陰 이덕형의 집에 갔더니 잘 익은 홍시를 소반에 담아 내왔다. 홍시 빛이 참으로 고왔다. 홍시를 본 박인로는 문득 중국 후한 때 육적陸績의 고사故事가 생각났다. 여섯 살의 육적이 친구 집에 갔더니 귀한 유자가 있었다. 육적은 어머니께 드리려고 유자를 몰래 가슴에 감추었다는 '육적회귤陸績懷橘'의 고사가 전한다. 박인로는 부모님을 생각했다. 그러나 감을 품어 가져가도 반길 부모가 없었다. 이미 저세상으로 가신 분들이다.

> 반중盤中 조홍早紅 감이 고와도 보이나다
> 유자柚子 아니라도 품은 즉 하다마는
> 품어가 반길 이 없을 새 글로 설워하나이다
>
> - 박인로의 「조홍시가早紅枾歌」

　감나무 밑에서 홍시 떨어지기를 기다릴 수는 없다. 홍시 먹다가 이 빠진다는 말도 있으나 살피며 나아가면 될 일이다. 홍시는 심장과 폐의 기능을 좋게 하고 갈증을 멎게 하며 주독을 푸는 효과가 있다. 베타카로틴 함량이 과일 중에 으뜸이며, 철분이 많이 함유되어 있어 빈혈에도 좋다. 홍시를 보듬는다. 소소한 차림이나마 기꺼이 감나무를 심었던 남자에게 바치리라.

감과 바나나를 함께 먹으면 철분 흡수를 방해하니 주의
한다. 감의 타닌 성분은 지방질과 작용해 변을 굳게 만
든다. 변비를 예방하기 위해서는 감꼭지 부근의 하얀
부분을 제거한 후 먹는다.

말하는 엄나무
무어 그리 대단타고 가시를 세웠을까

엄나무: 겨우내 몸 움츠리며 지냈어. 칼바람 견디며 우듬지를 보듬었지. 언 땅에 훈기가 돌자 햇살이 몸을 간질이더군. 살짝 실눈을 떠 보았어. 봄이구나. 눈곱을 떼고 기지개를 한껏 켜야지. 나를 탐하는 초식동물이나 사람이 있으니 가시 옷으로 단단히 무장해야 돼. 가만 내 나이가 얼마지, 키가 크면 내 우듬지에 손이 닿지 않으니까 가시 돋우는 걸 중단할까. 얼른 새 살을 키워야겠다. 뚝, 나를 꺾어가는구나. 억하심정에 가시를 세웠어. 내 몸에 손을 대면 가만두지 않을 거야.

화자: 네가 우리 집 마당에 있으므로 안심이 된다. 예부터 너의 험상궂은 가시로 인해 잡귀가 들지 않는다고 하더구나. 잡귀의 도포자락이 네 가시에 걸려서 여간 성가신 게 아니라더

군. 그뿐만이 아니야. 네 목질은 연하고 아름다워 슬(瑟)이란 악기를 만드는 데 사용한다지.

소리가 약한 것이 단점이나 금(琴)과 음색이 어울리기 때문에 '금슬상화琴瑟相和'라는 말이 생겼지. 너로 인해 금슬이 좋아질 거야. "아야." 손등에 선홍빛 물이 흐르네. 여기저기 가시가 박혔어. 너에게 손을 댄다고 화가 났구나. 미안하다, 지금 이 시기를 놓치면 너를 맛볼 수 없단다. 네 몸 잘린 자리에 다시 새순 돋을 거야. 그땐 거름을 듬뿍 넣어주마.

엄나무: 나의 본초명은 자추수엽刺楸樹葉이야. 맛은 맵고 달며 성질은 평平하지. 물갈퀴가 달린 오리발처럼 생긴 커다란 잎이 특징이며, 옛사람들은 오동나무 잎과 비슷한데 가시가 있다는 뜻으로 '자동刺桐'이라고 했어. '해동목海桐木'이라 부른 것도 오동나무 잎을 비유한 이름이야.

『동의보감』, 『역어유해』, 『물명고』 등 옛 문헌에는 '엄나모'라고 기록되어 있고, 경상도에서는 '엉개나무', '멍구나무', '개두릅'이라고도 부르지. 예전에 '음'이라는 부적용 노리개를 아이들이 가지고 놀았어. 그 노리개를 만든 재료가 바로 가시 달린 음나무였지. 가시가 엄嚴하게 생겼다고 국어사전에는 '엄나무'라고 표기되었어. 국가식물표준목록에는 '음나무'가 올바른 이름으로 등록되어 있는데, 사람들은 편하게 '음나무', 또는 '엄나무'로 부르지.

화자: 성성함은 잠시, 이내 시들해 버렸네. 가시 세우던 기개도 허물어졌구나. 그러나 음나무, 너는 강했다. 자신을 지키기 위해 가차 없이 공격하더군. 지킨다는 것, 방어한다는 것은 분명 보호해야 할 소중한 무엇이 있기 때문일 거야. 내 손등에 기어이 상처를 내었으니 그 용기가 가상하다. 사람살이 역시 지나고 보면 별것 아닌데 무어 그리 대단타고 가시를 세웠을까. 상대가 하는 말에 심기가 불편하면 가시처럼 콕콕 되받아 찌르

고 속상하다며 외돌아졌었지. 가시덤불을 안고 스스로 상처 낸 나날들이 많았어. 언제쯤이면 마음 품이 눅눅해질까.

엄나무: 사람들은 나를 귀족나물이라고 부르더군. 순이 돋아 나는 시기에만 먹을 수 있어서 그렇게 부르나 봐. 두릅보다 더 귀히 여긴다니 으쓱해지네. 몸에 좋은 성분이 인삼 못지않게 풍부하다니 먹어볼 만한 가치가 있는 식재료일 거야.

화자: 음나무 우듬지의 실한 순은 데쳐서 초장에 찍어먹고, 가시나무 사이에 자란 새잎은 데쳐서 된장에 버무리면 봄날 입맛 살리는 데는 그만이야. 고추장장아찌, 간장장아찌로 장만해 두면 두고두고 먹을 수도 있어. 이제 내년이 되어야 다시 맛볼 수 있을 거야. 음나무순, 식재료를 나눠줘서 고마워.

무더운 여름을 시원하게, 오이냉국
촌부의 제일가는 즐거움 속의 반찬

유년의 텃마루에는 대나무 소쿠리 가득 '무리'가 앉아 있었다. 무리는 여름철 내내 단골 식재료이며 주전부리였다. 하룻밤 자고 나면 넝쿨에 또 주렁주렁 열렸다. 텃밭, 다랑밭 등 농작물 심고 난 자투리땅이며 둔덕에는 호박 넝쿨, 무리 넝쿨이 갈갱갈갱한 팔로 잡목을 붙잡고 번져갔다. 넝쿨을 뒤적이면 곳곳에 무리가 발견되었다. 목이 마를 때는 우걱우걱 씹어먹고, 먹기 싫으면 반을 뚝 잘라 얼굴이며 팔뚝에 문질렀다. 작은 무리는 소금물에 '지'를 담고, 노각(늙은 오이)은 껍질을 벗겨 소금에 절였다가 고추장 무침으로 밥상에 올랐다.

한여름 불볕더위에 밭일하고 오신 아버지 밥상에는 냉국이 올랐다. 시원한 우물물 퍼 와서 조선간장으로 간을 맞추고, 무리 채와 마늘 다져서 넣고, 깨소금 뿌려서 상에 올려 국 대용으로 먹는 냉국이었다. 할머니, 아버지께서 '물이'라고 지칭한 것이 바로 '오이'였다. 요즘 오이냉국은 미역 넣고, 단촛물 만들어 새콤달콤하게 먹는다. 흔하디흔한 오이지만 손을 보태 선膳으로 만들면 귀한 반찬으로 변모한다.

오이의 본초명은 황과이다. 오랑캐〔胡〕땅에서 들어온 과류라는 뜻으로 호과胡瓜라 하였는데, 후에 오이가 익으면 노란색으로 변하기 때문에 황과黃瓜라고 불렀다. 오이에 대한 기록은 신라의 고승 '도선'이 탄생하는 과정에 등장한다. 처녀가 냇가에 놀러 나갔다. 냇물에 오이 하나가 두둥실 떠내려오기에 건져 먹었더니, 그 후 태기胎氣가 생겨 아이를 낳았다. 그가 바로 도선이었다.

추사 김정희의 「대팽고회大烹高會」대련對聯은 죽음을 앞두고 쓴 글이라고 전한다. 주련柱聯은 기둥에 세로로 쓴 구절을 말하며, 주련을 대구對句로 양쪽 기둥에 거는 것을 대련對聯이라고 한다.

大烹豆腐瓜薑菜(대팽두부과강채)
세상에 으뜸 반찬은 두부 오이 생강 채소이며,
高會夫妻兒女孫(고회부처아녀손)
세상의 으뜸 모임은 부부와 자녀 손자들의 모임이라.

허리춤에 큰 황금 도장을 차고, 밥상 앞에 시중드는 여인이 수백 명이 있다고 하더라도 이런 맛을 누릴 수 있는 사람이 과연 몇이나 될까. 온갖 풍파를 겪은 일흔 살 노인은 촌부의 제일가는 즐거움을 이렇게 남겨두었다.

오이는 달고 시원한 성질을 가졌다. 수분과 칼륨 함량이 높아 이뇨와 해독작용을 하며 열을 식혀준다. 오이즙을 내서 먹을 때는 사과를 섞으면 단맛을 보탤 수 있다. 약선藥膳에서는 오이와 함께 먹지 말아야 할 식품이 식초와 땅콩이다. 식초를 아예 먹지 말라는 게 아니라, 약으로 먹을 때는 동용금기라는 것이다. 그러면 냉국의 새콤한 맛은 어떻게 내야 하나, 매실액을 넣으면 된다. 매실은 피로 해소를 돕고 항균 작용을 하므로 식중독이 많이 발생하는 여름에 먹으면 훨씬 효과적이다.

냉국에 미역을 넣으면 또한 여러모로 이상적이다. 미역에 들어있는 칼슘 섭취와 더불어 섬유질이 많아 변비 예방에 좋다. 동의보감에 '미역은 성질이 차고, 맛이 짜며 무독하다. 속열을 버리고 혹의 결기結氣를 다스리며 이뇨작용이 있다' 고 나와 있다. 오이냉국에 들어가는 재료는 더위 물리치는 데 가장 이상적인 배합으로 이루어졌다. 오이냉국은 무더운 여름을 시원하게 물리쳐 주는 음식이다.

〈오이냉국 간편하게 만들기〉

1. 생수에 조선간장과 매실액을 넣어 간을 맞춰 냉장고에 넣어둔
   다.
2. 마른미역은 불렸다가 팔팔 끓는 물에 데쳐서(해조의 비린내를
   없애준다) 사용한다.
3. 오이는 채 썬다.
4. 그릇에 재료를 담고, 먹기 직전에 국물을 붓는다.

입맛 돋우는 건강식

바다에서 나는 음식 중 제일, 굴
진정한 미식가는 생굴을 먹으며 바다의 맛을 즐긴다

찬 바람 부는 계절에 굴이 맛있다는 것쯤이야 익히 아는바, 석화石花를 구입하여 손질한다. 30여 년 전의 일이 떠오른다. 전남 진도 바다를 앞마당처럼 껴안은 집에 짐을 풀었다. 동네 아낙들이 갯바위에서 굴을 따고 있었다. 나도 굴을 따겠다고 옆집 할머니한테 조새를 빌렸다. 요령을 모르니 애꿎은 석화만 쪼아댈밖에. 하는 수 없이 아낙이 딴 굴 한 바가지를 사 왔다. 자잘한 알맹이가 어찌나 많은지 두고두고 며칠을 먹었다. 석화는 찌거나 구우면 입을 벌리지만, 싱싱한 석화 입을 벌리는 일은 예나 지금이나 어렵다.

굴은 철, 요오드, 아연 등 각종 미네랄과 비타민이 풍부하다. 영양 성분이 우수하여 '바다의 우유'라고 부른다. 『동의보감』에도 '굴은 몸을 건강하게 하고 살결을 곱게 하고 얼굴빛을 좋게 하니 바다에서 나는 음식 중에서 제일'이라고 하였다. 한자

로는 모려牡蠣 · 석화石花 · 여합蠣蛤 등으로 표기한다.

　석화石花라고 부르는 것은 바위에 오밀조밀 붙어있는 굴 패각이 마치 꽃이 핀 것 같다 하여 그런 명칭을 갖게 되었다. 껍질째로 있는 것은 석화, 껍질을 깐 알맹이가 굴인 것이다. 굴은 달고 짜고 평平한 맛과 성질을 가졌다. 입이 쓰고 피로하면 마음에 화기가 있어 혈과 진액을 마르게 한다. 이때 음과 혈을 보하는 음식으로 굴이 제격이다. 소화도 잘되고 식감도 부드럽다.

　현재는 통영 굴이 유명하지만, 예전에는 서해안 남양 굴을 으뜸으로 쳤다. 조선 시대 남양 도호부는 경기도 화성 일대였다. 이곳 굴이 어찌나 맛있는지 부임하는 원님마다 굴을 씹지도 않고 홀홀 마셨다. 음식을 허겁지겁 먹거나 눈 깜짝할 사이에 일을 해치울 때 '남양 원님 굴회 마시듯 한다' 속담이 있었을 정도다.

　서양에서 유일하게 날것으로 먹는 해산물이 굴이다. 『삼총사』의 작가 뒤마는 "진정한 미식가는 생굴을 먹으며 바다의 맛을 그대로 즐길 줄 아는 사람"이라고 했다. 나폴레옹, 클레오파트라도 굴을 즐겨 먹었고, 또 한 사람을 빼놓을 수 없는데 바로 카사노바이다. 서양 최고의 플레이보이로 꼽히는 카사노바는 매일 아침 생굴을 먹었다고 전한다.

　그러나 가끔 석화를 만지다 숙연해진다. 굴 패각에 이물질이 들어가면 자신의 뼈를 깎아 아픔을 삭인다. 고통의 승화로 얻어진 진주는 그래서 눈물이고 어머니의 마음인 것이다. 故 한인현 선생이 어느 해변 마을의 교사로 있을 때 쓴 「섬 집 아기」를 읊으면 핑그르르 눈물이 돈다. 엄마와 아기의 애틋함이 펼쳐진다.

　　　엄마가 섬 그늘에 굴 따러 가면
　　　아기는 혼자 남아 집을 보다가
　　　- 중략 -
　　　다 못 찬 굴 바구니 머리에 이고

　　　　　　　　　　　　　- 한인현 「섬 집 아기」 일부

어쨌거나 굴이 맛있는 계절이다. 생굴에 레몬즙을 뿌리면 살균작용과 더불어 상큼함을 더한다. 미나리와 무를 같이 먹어도 좋고, 부추를 곁들이면 굴의 찬 성질을 부추의 따뜻한 성질이 보완해 주는 역할을 한다. 초고추장만이 아니라 발사믹소스나 칠리소스를 곁들여도 된다. 초장이 굴의 비린 맛을 잡아준다면 레몬이나 발사믹은 굴의 향과 맛을 높여준다.

고기 잡는 어부집 딸은 피부가 검고, 굴 따는 어부집 딸은 피부가 하얗다고 하니 여성들은 굴을 많이 먹을 일이다. 굴을 먹으면 사랑하고 싶어진다니 남성들도 제철 굴을 많이 먹으면 좋을 것이다.

가을 물고기, 추어탕
금병매의 상징 미꾸라지

　　오일장은 상거래 장소이다. 메밀꽃 필 무렵의 봉평장, 충청도와 경상도를 가로지르는 섬진강 부근의 화개장도 유명하지만, 짭조름한 간칼치 사러 가는 자인장도 빼놓을 수 없는 오일장 명소이다. 조선 시대 자인현 읍지邑誌에 의하면 자인장은 3일과 8일에 장이 서며, 장날에 3천~4천여 명의 사람이 모이는 경북 남부지역 최고의 시장이라고 기록되어 있다.

　　자인장에 들어섰다. 어물전에는 간칼치 사려는 줄이 길게 늘어섰다. 제사상에 올리는 돔배기도 자인장에서 손꼽는 명물이다. 김장배추며 건고추가 곳곳마다 가득하고, 이른 오후인데도 호떡 파는 아주머니는 반죽 그릇을 비우는 중이다. 여기저기 기웃거리다 시장 뒷골목 난전으로 발길을 옮긴다. 촌부들이 보따리에 싸서 온 푸성귀를 한 움큼씩 펼쳐놓고, 그 한쪽에는 머리카락 성성한 아즈매가 가물치와 미꾸라지, 잡어 등을 몇 개의 통에 담아서 팔고 있다. 펄떡이고 꼬물거리는 물고기를 보니, 며칠 전 김장에 사용하고 남은 우거지가 생각난다. 추어탕을 끓여볼까나. 붕어와 꾹저구 몇 마리를 덤으로 얻는다.

추어의 '추鰍'는 물고기 '어魚'와 가을 '추秋'의 합성어로 '가을 물고기'를 말한다. 『동의보감』에는 추어鰍魚라 하고 한글로 '미꾸리'라고 썼으며, 그 약효는 보중補中, 지설止泄하다고 하였다. 18세기 초엽의 『난호어목지』에도 '밋구리'는 "기름이 많고 살찌고 맛이 있으며 시골 사람은 이를 잡아 맑은 물에 넣어두고 진흙을 다 토하기를 기다려 죽을 끓이는데 별미"라고 하였다. 19세기 중엽의 『오주연문장전산고』에서 미꾸라지는 '추두부탕鰍豆腐湯'이란 이름으로 표기하였다. 일제강점기의 『해동죽지』에서는 추어탕에 '천초川椒'를 사용했다고 명기했다. '초피', '조피', '전피', '젠피'라고 부르기도 하는데 이는 초피나무 열매를 말하는 것이다.

미꾸라지는 지방·단백질·비타민 A가 풍부한 식품이다. 예부터 추어탕은 식욕을 돋우고 기운을 보강해 주기 때문에 정력에 좋다는 속설이 생겼다. 『본초강목』에는 발기가 되지 않을 때 미꾸라지를 끓여 먹으면 치료가 되고 양기를 북돋는다고 했다. 서양의 카사노바에 버금가는, 중국 소설 『금병매』의 주인공 서문경은 여섯 명의 아내와 수많은 하녀를 거느리는데, 그

의 정력을 상징하는 것이 미꾸라지였다.

추어탕, 추두부탕, 잡어로 끓인 어탕, 털레기탕은 바다가 멀리에 있는 내륙지방의 음식이다. 신혼 때 시댁에 갔더니 마당가 가마솥에 김이 술술 올랐다. 시댁 식구들은 땀을 뻘뻘 흘리며 음식을 두어 그릇씩 비웠고, 오가던 마을 사람들도 맛있는 음식이라며 한 그릇씩 뚝딱 비우고 나갔다. 알고 본즉 추어탕이라고 했다. 민물고기를 먹어보지 못한 나는 비위가 상해 구역질이 났다. 국에 뿌려 먹는 가루도 생소하고 낯설었다. 민물고기를 다루지 못하는 나를 위해 큰올케언니는 추어탕을 한 솥 끓여서 가져왔다. 남편이 고마워했음은 이루 말할 수 없다. 이제는 민물고기를 다루고, 가끔 먹기도 하지만, 당시 올케언니의 그 정나눔을 잊을 수 없다.

요즘 추어탕은 가을에만 먹는 음식이 아니다. 그렇다고 수월하게 먹을 수 있는 음식도 아니다. 미꾸라지에 소금 뿌려서 씻고, 삶고, 으깨고, 끓이고… 그 과정이 만만치 않다. 사서 먹으면 편하겠으나 푹덕푹덕 직접 끓인 맛만 하랴. 자인장에서 사온 미꾸라지로 끓인 추어탕은 겨울나기 보양식으로 그만이다.

바다의 산삼 전복
총애가 감격스러워 눈물이 갓끈을 적신다

　　　　　수년 전에 제주도 나들이를 다녀왔다. 친정 피붙이들은 어머니와 이모를 모시고 다녀오자는 데 만장일치였다. 여행코스와 맛집을 검색하여 일정을 짰다.

　바닷가 전복요릿집에 순서표를 받아 한참 기다려서 들어갔다. 해녀들이 막 따가지고 온 전복으로 만든 요리는 그야말로 입에 착착 감겼다. 역시 맛집다웠다. 가끔 전복을 식탁에 올리지만, 그 맛을 따라잡지 못한다.

　조개의 황제라고 불리는 전복은 임금과 부자들이나 맛볼 수 있는 해산물이었다. 선조 임금은 밤늦게까지 세자에게 공부를 가르치는 유몽인에게 야참으로 전복 한 접시를 하사했다. 유몽인은 옥잔의 술과 삶은 전복 한 접시를 보며 '하늘나라의 진수성찬을 내어주신 임금님 총애가 감격스러워 눈물이 갓끈을 적신다'는 글을 남겼다.

옛 중국에서는 천하의 맛있는 음식으로 남방의 굴, 북방의 곰 발바닥, 동방의 전복, 서역의 말젖을 꼽았다. 전복은 진시황제가 불로장생을 위해 먹었다고 전해지고, 『삼국지』의 조조도 좋아하는 식재료였다. 조조의 아들 조비가 오나라 손권에게 선물을 보냈는데 전복 1000개가 포함돼 있었다. 중국의 한서 『왕망전』에 '전복은 걱정 근심에 빠져서 식욕을 잃은 사람의 입맛마저 당기게 만드는 진미의 상징'으로 기록되어 있다. 소동파도 전복 맛에 반했다. 그는 발해만에서 잡히는 전복을 으뜸으로 쳤다. 바로 우리나라 서해를 지칭한 것이다. 17세기 조선의 시인 이응희도 '어패류 수만 종류가 있지만 그중에서도 최고는 우리 동방의 전복'이라고 했다.

전복은 바다의 산삼으로 불리며 타우린, 아르기닌, 메티오닌, 시스테인 등의 아미노산이 들어있어 영양학적으로 완전식품에 가깝다. 전복의 본초명은 복어鰒魚이고, 보음, 윤조 효능을 가지고 있다. 맛은 달고 짜며, 성질은 평하다. 고단백, 저지방 식품으로 체내에서 잘 흡수되어 회복기의 환자나 노약자를 위한 건강식으로 선호한다.

18세기 우리 음식문화 사료의 중요한 서적인 『시의전서』에 '전복숙'이 소개되었다. "좋고 큰 전복을 삶되 처음 삶은 물은 버린다. 쇠고기, 해삼, 문어, 홍합 등을 넣고 무르게 고아 건진다. 전복을 저미거나 열십자로 잘라 다시 잘게 자르고 파와 마늘을 다져서 넣는다. 전복 삶은 물에 후춧가루, 기름, 깨소금, 굴을 넣고 졸여야 좋으며 간장을 넣으면 맛이 좋지 않다. 그릇에 푼 다음 잣가루를 많이 넣고 위에도 잣가루를 많이 뿌린다. 쇠고기는 건져내고 문어와 해삼은 잘라 넣되 홍합은 고는 동안 다 녹는다."

식재료에 간장과 양념을 넣어 윤기 있게 볶은 음식을 '초炒'라고 한다. 고조리서 『시의전서』에 나오는 '전복숙'은 바로 '전복초'를 말함이다.

전복숙을 차렸다. 옛 방식을 염두에 두고, 현대적으로 조리했다. 어렵게 만들 필요는 없다. 전복에 칼집을 넣어 끓는 양념장에 졸이면 완성이다. 전복숙은 밥반찬보다는 술안주로 어울리는 요리이다.

전복은 깨끗이 씻어서 살짝 삶은 후에 껍데기와 살을
분리하면 간편하다. 전복죽을 끓일 때는 해초 성분이
들어있는 내장을 넣어야 색깔이 우러나고 맛도 좋다.
9~11월에는 산란기라 내장에 독성이 있으므로 반드시
익혀서 먹는다.

따끈한 국물 요리, 밀푀유 나베
채소와 고기를 겹겹 쌓은 천 개의 나뭇잎 요리

여름의 막바지부터 비가 내렸다. 초가을 장마라니. 태양을 가린 먹구름 아래에서 산천의 열매는 몸집 키우는 데 애로가 많았다. 물론 사람도 예외는 아니다. 일조량 감소로 기분은 울적하고, 축축한 환경에 몸은 찌뿌둥하다. 아침저녁으로 살갗을 파고드는 한기 역시 몸을 지치게 한다. 환절기에는 자칫 감기에 걸리기가 쉽다. 코로나19로 인해 재채기만 해도 눈총을 받는 시기가 아닌가. 이럴 때는 뜨끈한 국물 요리로 몸을 덥혀주는 게 상책이다.

국물 요리에는 국, 탕, 전골, 찌개가 있다. '국'을 '탕湯'이라고도 하는데, '탕'은 한자를 받아들인 '국'의 높임말이다. 제사상을 차릴 때 '탕을 올린다'라고 하는 맥락과 같다. 찌개는 재료를 많이 넣어 국보다는 국물을 적게 하여 끓인 것이다. 전골은 주재료와 채소를 넣고 육수를 부은 다음 익혀 먹는 즉석

배추는 달고 시원한 성질을 가지고 있으며 폐와 위에
좋은 작용을 한다. 한여름의 열기를 식혀주고 건조한
것을 촉촉하게 하는 역할을 한다. 쇠고기는 달고 따뜻
한 성질을 가지고 있다. 위와 비장에 귀경하며 몸의 기
운을 돋우어 준다. 찬바람 도는 환절기에 좋은 식재료
들이다.

냄비 요리이다. 재료에 따라 전골 이름이 달라진다.

언론인 장지연이 저술한 『만국사물기원역사萬國事物紀原歷史』에는 "상고시대에 진중에서는 기구가 없었다. 군사들의 전립을 철로 만들었기에, 자기가 쓴 철관을 벗어 음식을 끓여 먹었다. 이것이 습관이 되어 여염집에서도 냄비를 전립 모양으로 만들어 고기와 채소를 넣어 끓여 먹는 것을 전골氈骨이라 하였다."라고 유래를 밝혔다. 여러 문헌에서도 이와 비슷한 설명을 하고 있다.

혁신은 언제나 작은 틈새에서 발생한다. 쇠고기와 배추를 넣어 맑게 끓이는 전골과 흡사한 음식이 '밀푀유 나베'라는 이름으로 탄생했다. '밀푀유 나베'는 프랑스어 '밀푀유millefeuille'와 '냄비 요리'를 말하는 일본어 '나베なべ'를 붙여 만든 합성어이다. 채소와 고기를 모양내어 냄비에 안치고 국물을 부어 끓이는 퓨전 일본식 요리이다. 전골인 양, 샤부샤부인 양 모호하지만 화려하게 차려 눈을 즐겁게 하고, 먹는 재미까지 주고 있다.

'밀푀유Mille-feuille'는 겹겹 층을 이룬 '퍼프 페이스트리Puff pastry'에 달콤한 크림을 곁들여 만든 프랑스 디저트이다. 겹겹 쌓았다는 것을 '천 개의 나뭇잎'으로 표현했다. 밀푀유는 '나폴레옹'이라는 이름으로도 불린다. 밀푀유와 비슷한 이탈리아 나폴리의 전통 디저트 '나폴리탱Napolitan'이 와전되어 '나폴레옹'이 되었다. 채소와 고기를 겹겹 쌓아서 '천 개의 나뭇잎' 으로 이름 붙이는 아이디어, 눈여겨보고 살짝 변형시켜 새로운 음식으로 탄생시키는 노하우가 바로 혁신인 것이다.

배추와 쇠고기를 넣어 전골과 비슷한 밀푀유 나베를 만든다. 만드는 방법은 의외로 간단하다. 도마 위에 배추와 깻잎 등 채소와 쇠고기를 차곡차곡 쌓는다. 냄비에 안칠 수 있는 적당한 크기로 자르고 버섯과 기타 재료를 같이 넣어 장식한다. 배춧값이 비싸서 망설여진다면 양배추를 사용해도 된다. 식성에 맞는 육수를 만들어 붓고 소스를 곁들인다. 소스 만들기가 번거롭다면 시중에 판매하는 쯔유(일본식 맛간장)에 생수를 섞고 고추냉이를 넣으면 간편하게 이용할 수 있다.

게 눈 감추듯 먹는 '게'
창자가 없어 창자가 끊어지는 아픔을 모르는 무장공자

바닷물 속에서 건진 것 중에 '게' 만큼 맛 있는 '게' 또 있을까. 내륙 산간에 살던 나로서는 바닷물에서 건진 '게' 맛을 본 후로 '게' 예찬론자가 되었다. 하여간 크든 작든 게 종류가 헤엄치고 간 국물만으로도 족했다.

게를 고를 때는 다리가 처지지 않고, 배 부분을 눌렀을 때 단단해야 속이 꽉 찬 것이다. 게를 뒤집었을 때 배 가운데 딱지가 뾰족하면 수컷이고 둥글면 암컷이다. 게를 대략 손질하여 거꾸로 들어 물기를 빼준 뒤, 배가 위로 향하게 하여 25분 찌고 불을 끈 후에 5분 정도 뜸 들인다. 게를 찔 때는 재료가 물에 닿으면 물기가 살 속으로 파고들어 대게의 내장이 흘러버릴 수 있으니 채반과 물 사이에 거리를 두어야 한다. 청주나 맥주를 조금 넣으면 비린내를 없앨 수 있다.

게는 일체의 양념 없이 그대로 익히기만 하면 되는 천연 웰

빙 음식이다. 게살을 발라 먹고 게딱지에 밥을 비벼보라. 게딱지에 갖가지 재료를 양념하여 넣고 한소끔 찐 후, 달걀을 풀어 게딱지 위에 붓고 다시 김을 올리면 이 또한 맛있는 게딱지 찜이 된다.

옛 문헌에 게류를 한자로 해蟹라 하였고, 궤跪·방해螃蟹·횡행개사橫行介士, 창자가 없어 창자가 끊어지는 아픔을 모르는 무장공자無腸公子로 불리었다. 우리말로는 궤·게라고 하였으며 현대에 '게' 가 표준어가 되었다. 게는 머리가슴〔頭胸部〕과 배로 구분된다. 머리가슴에 붙어있는 다섯 쌍의 다리 중 맨 앞 한 쌍은 집게다리, 뒤의 네 쌍은 걷는 다리인데 옆으로 기어다니기를 잘한다.

게에 표현되는 여러 가지 말이 있다. 옆으로 걷는 '게걸음', 흥분하거나 괴로울 때 부걱부걱 나오는 거품을 '게거품', 음식이 맛있어서 빠르게 먹어버렸을 때 '마파람에 게 눈 감추듯', 유전적 본능은 속일 수 없다는 뜻으로 '게 새끼는 집고 고양이 새끼는 할퀸다', 아무 소득 없이 손해만 보았을 때 '게도 구럭도 다 잃었다' 고 한다.

게는 단맛을 내는 아미노산과 감칠맛을 지닌 글루탐산, 이노신산 등을 비롯해 필수아미노산이 풍부하게 함유되어 있다. 더욱이 저지방이라 다이어트에 그만이고, 고단백 식품이지만 구조상 소화가 잘되어 '게 먹고 체한 사람이 없다' 라는 말이

전해온다. 대게는 맛이 뛰어나 임금님도 쪽쪽 빨아 먹었다는 구전이 있으니 맛의 으뜸, 동해의 보물이라 할만하다.

대게는 영어로 '스노 크랩Snow crab'이다. 속살이 눈처럼 하얗고, 게를 먹는 철이 눈 오는 겨울이어서 그렇다나. 게의 주요 서식지가 눈이 많이 오는 지역이라서 그렇게 붙여졌다는 설도 있다. 대게는 12월부터 3월까지가 가장 맛있는 철이다. 그 외는 산란기라 금어기로 정해져 있다. 가끔 대게의 대〔竹〕가 대大와 동음이의어라 '큰 게'로 오해하는 경우가 많다. '대게'는 다리가 대나무처럼 길고 마디가 있어서 붙여진 이름이다. 또한 홍게는 '붉은 대게'를 지칭하는 것이다. 개체 수가 많다 보니 가격 면에서 저렴할 뿐 영양가에서 큰 차이는 없다.

게딱지의 키토산 성분이 몸에 이롭다고는 하나 큰 게는 껍질을 버릴 수밖에 없다. 사철 먹을 수 있는 작은 게를 찌개와 튀김으로 먹으면 좋을 듯하다. 지인들과 포항 죽도시장에 들러 홍게를 구입했다. 내장이 없어 따로 손질할 필요 없이 그대로 요리할 수 있으니 '무장공자'가 이리 고마울 데가 없다. 게딱지에 재료를 보태 찜으로 만들었더니 그야말로 붉은 꽃이 피었다.

삼복의 보양 음식, 삼계탕

소리개가 빙빙 높이 떴구나, 높이 떴구나

산간 마을에 솔개가 뜨면 아이들 고함이 하늘을 덮었다. "휘이휘이, 솔개는 물러가라. 병아리야, 병아리야, 꼭꼭 숨어라."

한낮의 마을 풍경은 고즈넉하였다. 닭장 둥우리에는 암탉이 알을 품고 검붉은 볏을 뽐내는 수탉은 가끔 홰 울음으로 목청을 돋웠다. 마당과 텃밭에는 몇 마리의 닭이 갈퀴질 하며 흙을 쪼아 대고, 또 몇 마리는 날개를 푸덕거리며 흙모래 샤워를 해 댔다.

추위가 채 가시지 않은 오일장터에는 노란 병아리들이 즐비했다. 삼월 햇살에 바들바들 떨던 병아리들은 몇 차례에 걸쳐 우리 집으로 왔다. 눈꺼풀이 무거워서 꾸벅꾸벅 졸거나 설사를 하는 병아리는 어머니 손에 가차 없이 잡혔다. 여린 부리를 강제로 벌려 물에 갠 마이신을 먹였다. 아버지는 싸리나무로 둥

우리를 만들어 천적인 솔개로부터 병아리를 보호했다.

지금은 어림없는 소리지만, 당시 산촌의 겨울 반찬은 산토끼와 꿩이 쏠쏠하게 상에 올랐다. 둘째 오빠는 산에만 다녀오면 산짐승을 잡아 왔다. 화전에 심은 곡식을 빼앗기지 않으려면 겨울철에라도 산짐승을 잡아야 한다는 게 어른들의 생각이었다. 바쁜 농사철이 오면 단백질 공급원은 당연히 집에서 기른 닭일 수밖에 없었다. 소고기는 구경하기 힘들었고, 돼지고기도 명절이나 특별한 날, 오일장에 가야만 살 수 있는 별식이었다. 손쉬운 게 닭을 잡아 찬을 만드는 것이었다.

"소리개가 빙빙 높이 떴구나, 높이 떴구나. 우리 마을 병아리들 빨리빨리 숨어라. 소리개가 지나간 뒤 나와 놀아라~" 30여 마리가 넘는 닭을 솔개한테 빼앗기지 않으려면 목청이라도 높여야 한다는 걸 은연중에 터득했다. 춘분 전후로 사가지고 온 몇 배의 병아리는 중닭, 장닭이 되어 식구들의 밥상에 올랐다.

삼계탕의 어원을 보면 이미 조선 시대 때부터 존재하였다고 전한다. 고기가 귀했기에 닭을 삶아 몸을 보신하였을 것이다. 닭백숙이나 닭국에 인삼가루를 넣어 '계삼탕'으로 부르다가 960년대 즈음부터 인삼을 넣어서 끓인 '삼계탕'으로 부르게 되었다.

삼복더위에 삼계탕만 한 게 있으랴, 압력솥이 아닌 시골 무쇠솥에 닭을 안친다. 땀이 많이 나는 체질에는 황기를, 특히 여성들에게는 당귀를 넣어 끓이면 보양식이 된다. 그 외에도 엄나무와 옻, 더덕과 잔대 등을 넣어서 끓이기도 한다. 시골에서는 딱히 정해진 재료를 넣는 것이 아니라 눈에 보이는 대로, 손에 잡히는 대로, 엄나무 가지도 잘라서 넣고, 마늘, 대추, 찹쌀 등을 넣어 푹 고았다. 예전 같으면 닭 다리는 언감생심이었다. 할아버지, 할머니, 아버지가 계시는데 어디 막내한테까지 돌아오겠는가. 그런데 지금은 닭 다리를 먹으라고 서로 권한다.

검은 도포 자락 펼치듯 하늘을 배회하던 솔개도 사라지고, 병아리 몰고 다니며 구구구 모이 쪼아주던 암탉도, 닭장도, 사라진 지 오래다. 두어 달 전에 돌아가신 이모님이 '발발이'라고 별명 붙여준 어머니의 암팡스럽던 모습도 사라졌다. 그 바지런함과 쩌렁쩌렁하던 목소리를 어디에다 두고 오신 걸까. 사랑채에 새우처럼 누워계신다. 삼계탕 한 그릇 드시고 허리라도 펴셨으면.

삼계탕은 여름철에 찬 음식을 많이 먹는 우리의 오장육
부를 따듯하게 해준다. 소화가 잘되어 위와 장에 부담
을 주지 않는다. 열이 많거나 혈압이 높은 사람은 대
추, 인삼, 찹쌀 등이 맞지 않는다. 열이 있는 체질은 황
기를 사용한다.

참나무 정기 먹고 자란 능이
아버지의 가랑잎 같은 미소가 담긴 음식

　　　　　찬바람 부는 계절에는 버섯요리가 일품
이다. 알곡이 여무는 시기에 비가 내리면 '쓰잘데기없다'고 눈
총을 받지만, 버섯이 자라는 최적의 환경을 만들어준다. 고향
산간 마을의 가을 음식은 버섯이 주를 이루었다. 밤버섯, 싸리
버섯, 능이, 그리고 간혹 송이도 있었다. 목이는 앞 뒷밭 썩은
뽕나무 둥치마다 너덜거려서 일부러 못 본 체하고 다녔다. 비
맞아 퉁퉁 불어터진 목이의 흐느적거리는 모양새와 물컹거리
는 촉감이 그 당시에는 징그러웠다. 버섯은 싱싱한 시기가 있
다. 그 적기가 지나면, 할머니 말씀인즉슨 '물이 넘으면' 자연
히 벌레가 생긴다고 한다. 특히 능이와 싸리버섯에 벌레가 많
았다. 벌레 생긴 버섯은 도저히 먹을 수가 없었다.

　우물가 장독대 옆 옹자배기에는 버섯이 그득했다. 버섯의 독
성을 뺀다고 했다. 데친 싸리버섯은 며칠간 우렸다. 돼지고기

와 싸리버섯을 볶으면 꽃처럼 생긴 모양에 끌려 젓가락을 더 많이 놀렸다. 밤버섯은 데쳐 닭고기와 요리했다. 색감과 식감마저 비슷해 고기인지 버섯인지 구분할 수 없이 쫄깃했다. 엄마는 능이를 데치면 기름이 뜬다고 했다. 그만큼 능이가 영양가 면에서 좋다는 것이었으리라. 데친 능이는 들기름에 볶았다.

체신청에 근무하는 조카한테 연락이 왔다. 발령받아 온 봉화 지방에 버섯이 한창이란다. 송이는 가격이 비싸 손이 오그라들어도 능이는 그보다 저렴해 손질해서 저장해 두면 요긴하게 쓰인다. 능이의 큼직한 갓을 보고 쇠똥 같다느니, 철갑 같다느니 구시렁거리는 사람들이 있다. 능이의 진가를 모르는 것 같아서 픽 웃음이 난다. 참나무의 정기를 먹고 자란 참버섯, 그것이 능이인 것이다.

우리나라에서야 송이를 으뜸으로 여기지만 물 건너 나라에서는 능이를 최고로 친다. 인공재배가 되지 않기에 귀한 버섯이다. 일 능이, 이 송이, 삼 표고라고 할 정도로, 능이는 약성뿐만 아니라 건강식으로도 으뜸이다. 그 향은 또 어떤가. 사람마다 흙냄새, 나무 냄새, 꽃 냄새 등 향이 난다고 해서 '향버섯'이라는 애칭도 있다.

능이를 펼쳐놓고 한참 동안 먹먹했다. 참으로 오랜만에 실한 버섯을 마주한다. 30여 년 전, 큰아이 해산 때 친정 생활이

버섯은 비타민 D의 공급원이며 저열량 식품이다. 천연
버섯으로는 송이, 능이, 석이 등이 대표적이다. 능이를
생식하면 미량의 독소가 있으나 가열하면 부작용이 없
다. 반드시 익혀서 먹도록 한다.

떠올랐다. 아버지는 막내딸이 몸 풀면 미역국에 넣을 거라며 능이를 따는 족족 짚으로 엮어 처마 밑에 걸어서 말리셨다. 그해에는 버섯이 풍년이었다고 한다. 아버지는 버섯 나는 한철 시기에 아침마다 산에 오르셨다. 어머니는 말린 능이를 불려 가마솥에 국을 끓였다. 들기름을 두르고 능이와 미역을 넣어 볶다가 쌀뜨물을 부었다. 산모가 한 가지 국만 먹으면 질릴 수 있다고 이런저런 재료를 넣어 국을 끓여주었다. 내 입에는 능이미역국이 단연 최고였다.

버섯은 말렸을 때 향이 더 짙다. 공수해 온 능이 일부는 말리고, 일부는 손질해서 데쳤다. 말린 능이는 필요할 때마다 불려서 사용하면 되고, 끓인 능이 국물은 식혀서 한 끼 먹을 분량씩 지퍼 팩에 담아 냉동한다. 능계탕, 능이칼국수, 전골 등 그 쓰임새가 다양하다. 능이는 육류와 같이 먹었을 때 더욱 좋다. 단백질분해 성분이 있단다. 민간요법에 버섯 우린 물은 소화제와 감기약 대용으로 사용했다. 능이는 다른 버섯보다 월등한 약성 효과를 가지고 있다.

능이칼국수를 끓였다. 능이 국물의 담백한 맛을 살리기 위해 가급적 향신 채소는 사용하지 않았다. 호박과 약간의 부추 정도만 넣으면 시원하고 깔끔한 맛을 느낄 수 있다. 능이는 고향 산골의 맛이다. 아버지의 가랑잎 같은 미소가 담긴 음식이다.